# 小説 嵐《らん》電《でん》

木俣冬

脚本／浅利宏・鈴木卓爾



リッシング

〈嵐電《らんでん》〉とは、京都府京都市下京区の四条大宮駅から、右京区の嵐山駅までを結ぶ京福電気鉄道の本線と、京都府京都市上京区の北野天満宮の最寄り・北野白梅町から帷子《かたびら》ノ辻を結ぶ北野線と併せた路線の通称である。この線路が生まれたときから「嵐電」という愛称で地域の人たちから呼ばれ親しまれていたが、正式名称となったのは二〇〇七年だ。

地理的には京都の西。三方が山に囲まれている京都の西側の守りとなっている。〈嵐電〉沿線には、京都観光のメッカのひとつ、渡月橋《とげつきょう》にはじまり、世界文化遺産・天龍寺ほか、多くの古刹《こさつ》や、東映太秦映画村などの娯楽施設があるので一年中観光客で賑わい、内装に凝ったラッピング電車も多種走っている。

観光客の足である一方で、この界隈に生活している住人の足でもある。バスに乗るような気軽さで、住人は嵐電に乗って移動する。

この物語は、〈嵐電〉沿線から出たことのない住人たちと、外からやって来た人たちとの、邂逅《かいこう》の物語である。

## 第一章　嘉子と譜雨



## 第二章　衛星と斗麻子

## 第三章 南天



## 第四章 子午線

# 小説『嵐電』の舞台

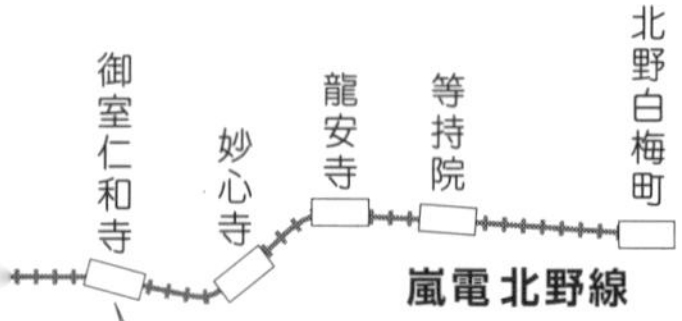


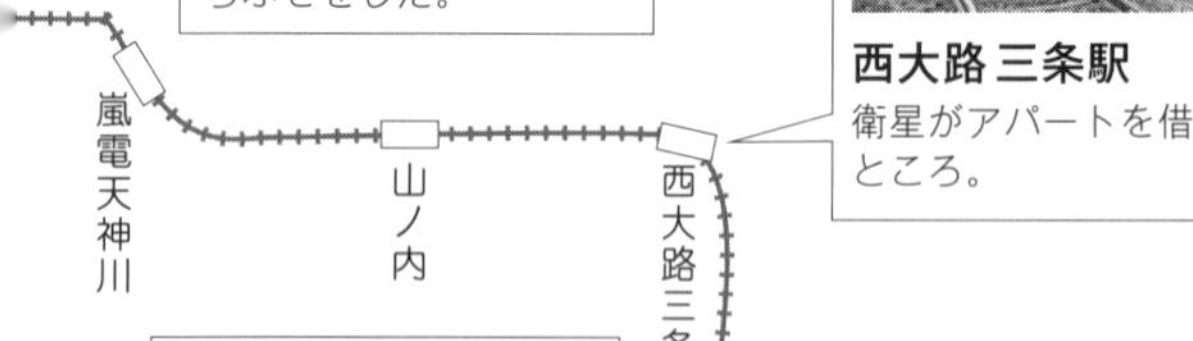

**御室仁和寺駅**

嘉子が住む。譜雨が嵐山本線から走ってここで待ちぶせをした。

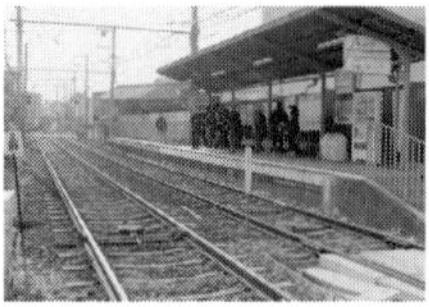

**西大路 三条駅**

衛星がアパートを借りたところ。

**西院駅**

嘉子が、嵐電の車両整備中の章雄と再会を果たす。

常盤駅
子午線が通う嵯峨野高校がある。
嵐山駅
嘉子と譜雨が京ことばの台詞の読み合わせにやってくる。
宇多野
鳴滝
常盤
撮影所前
太秦映画
嵐電嵯峨
嵐山
鹿王院
車折神社
有栖川
帷子ノ辻
太秦広隆寺
蚕ノ社
キネマ・キッチン
桂川
帷子ノ辻駅
嘉子と譜雨の思い出となるべき場所。
太秦 広隆寺駅
衛星が巡が淹れたコーヒーを飲むところ。子午線と南天にとって出会いの場所でもある。

# 登場人物紹介

**平岡衛星《えいせい》**
ノンフィクション作家。嵐電沿いのアパートを借りて、「嵐電の不思議議話」を探す。

**小倉嘉子《かこ》**
キネマ・キッチンで働く。住まいは御室仁和寺駅近く。

**吉田譜雨《ふう》**
東京から来た若手俳優。

**北門南天《きたかどなんてん》**
青森から来た修学旅行生。

**有村子午線《しごせん》**
常に8ミリで嵐電を撮る高校生。

**平岡斗麻子《とまこ》**
平岡衛星の妻。以前衛星と京都を訪れたことがある。

**永嶺《ながみね》巡《めぐる》**
「喫茶銀河」のマスター。嘉子の知り合い。衛星とも知り合う。

**川口明輝尾《めてお》**
映画『結婚オブ・ザ・デッド』の助監督。

# 第一章　嘉子と譜雨

## 御室仁和寺駅

二十七歳の誕生日の夜。小倉嘉子《かこ》は自宅でひとり過ごした。正確にいえば、父・誉志男とふたりで。バイトの帰り、バイト先のある商店街のベーカリーで買ったショートケーキを、誕生日に儀式的に食べた翌朝、嘉子はいつもの時間に家を出た。ショートケーキの入った紙箱と、紙ナフキンを、黄色い燃えるゴミ袋に入れ、それを片手に持って。ケーキを包んでいたセロファンは、クリームを流しで洗ってから透明のプラスチックゴミ袋に入れた。今日は燃えるゴミの日だ。月曜と木曜が燃えるゴミ、水曜がプラスチックゴミ、金曜が缶、びん、ペットボトル。このサイクルで生活が周っている。

左手に白いエコバッグ、右手に黄色いゴミ袋。コート、マフラー、スカート、タイツ……はすべて黒、髪の毛も染めたことのないピュアな黒で、手に持った白と黄色だけ、いやに目立っていた。手首、足首に風が入らないように隙間なく着込み、冬場の鳥のようにマフラーに首を埋め、足早に歩く。京都の冬は厳しい、とよく言うが、嘉子は京都以外の冬をよく知らない。二十七年間、この寒さとつきあって来た。

昨夜、はじめて向き合った二十七歳という年齢。それは、なんともあやふやな数字だと嘉子は思う。例えば、「三十代までに○○する。三十代になったら○○……」という、誰が決めたのか知らないが、三十歳は人生の分岐点のひとつとされている。そこまでにはまだ三年も猶予があると思うか、もう三年しかないと思うか。おそらく、これが五年だったら、またずいぶんと感覚が違ってくるだろう。一年も然り。三年とは人によって短く、人によって長い。嘉子にとっては、長いとも短いとも、言えない。正直、あまりよくわからなかったし、考えることも、できればゴミと一緒に放棄したいくらいだ。とすれば、この考えは燃えるゴミだろうか、プラスチックゴミだろうか、リサイクルできるだろうか。

嘉子の時間に対する感覚が曖昧なのは、生まれ育った北野線・御室仁和寺駅《おむろにんなじ》の場所にも起因するかもしれない。ここは、どこか時間が止まったようなところがあった。世界文化遺産である仁和寺のお膝元《ひざもと》ゆえ、過去、何度か観光地化計画が起こったらしいが、その都度《つど》流れ、いまでは風致《ふうち》地区として穏やかな時間を刻んでいる。なにしろ、御室仁和寺駅の看板は、いまだに右から左へ「御室驛」という具合に、駅の字が旧字で書かれているほどだ。仁和寺の見どころのひとつである桜も、遅咲きで、春、其処此処《そここ》が花見で盛り上がったあと、おくゆかしく開花する。北野線の起点・北野白梅町《きたのはくばいちょう》駅の平野神社は「魁桜《さきがけざくら》」と言って、早咲きで有名であることを考えると、御室仁和寺駅の時間は、他よりゆっくり進んでいるのだ、きっと、と嘉子は考えることにした。

京都自体が古都と呼ばれるだけあって、日本の中で、時が静かに流れているように思われてきたところがあるけれど、京都もいま、急速に時間が進み始めているようなところがある。日本でいま住みたい地域の上位であるし、外国人が訪ねたい場所の上位でもある。そのため、持ち主がいなくなった古い家をリノベーションして、若い世代向けの住宅にしたり、宿泊施設にしたりして、街が急速に様変わりしている。大きな通り沿いは、犬も歩けばホテルに当たるような状態とは大げさかもしれないが、それでもなおホテルが不足しているらしい。国際観光都市として、景観をくれぐれも損ねないようにとの法令のために、建築物の色味や高さなどが自由にならないながら、それでもずいぶん変わってしまったと嘆く声も聞く。そんな状況でもなお、御室は静かなもので、家から駅までの数分の道を、嘉子は二十七年間歩き続けているが、変った印象はあまりなかった。

ほら、マフラーしてゴミ出しに出て来た近所のおばちゃんたちふたりも、口々にこう言っている。

「なんやかんやいうてもなー、あんた、平凡が一番」

「そうそう」

「長いこと生きてきて身ぃに染みるんは、穏やかなんが一番やということやわ」

「そうやで、平凡が一番やで」

おばちゃんのひとりは、自宅で翻訳をしている。旦那さんは大学の教授で、息子さんは東京で就職している。もうすぐお子さんは生まれるらしい。もうひとりは、建築技術の研究を行うNPOを運営している。お子さんはいなくて、建築家の旦那さんとふたり暮らし。いつも庭の手入れを欠かさない。いまは山茶花《さざんか》が花を咲かせていた。

ふたりの口から出る「平凡」を咀嚼すると「平凡」も奥が深いと感じる。その流れから、話題は昨日南座で見た歌舞伎の話へと流れ、いつまでも立ち話を続けるふたりに、嘉子は「おはよう」と挨拶し、「風邪引かんといて」と軽く微笑むと、青いゴミのネットを持ち上げ、黄色いゴミ袋を中に入れて、駅へと向かった。

御室仁和寺駅の改札は、仁和寺の二王門と一直線につながっている。まるで映画のセットのような、古めかしい三角屋根のついた改札はひとつだけ。上りのほうにある。嘉子の家は、仁和寺から線路をはさんだ向かい側、双《なら》が丘《おか》を背にしたところだ。双が丘と言っても、読みも意味も「ならび」で、実際は三つの丘が並んでいる。そこには古墳があって、嘉子が子供の頃、よく遊びに行ったものだ。丘の上からは御室仁和寺の町並みが見渡せる。

無人の改札を抜けると、嵐山方面側に滑り込んで来たのは、モボ101「京つけものもり号」と呼ばれる車輌だ。青空の下に山並みと、一面の青菜畑《あおなばたけ》が広がっている図柄に車体がペイントされている。嵐電にはシーズンごとにいろいろなラッピング電車があって、目に楽しい。最近は人気アニメの絵柄なんかもある。電車好きな人はいろいろこだわりがあるようだが、嘉子はあまり詳しくない。ただ、緑色とベージュ色で、車体がまあるい、古くからある電車が好きかもしれない。

嵐電は規則正しく十分置きにやってくる。土日や朝のラッシュ時は二両が連結しているが、平日の昼間は一両である。朝は二輌、中はそれなりに混んでいて、嘉子は後ろの車両の運転席のそば、出入り口のドアを背にして立った。ここは毎日の定位置だ。

バイト先のある帷子ノ辻駅までは宇多野《うたの》、鳴滝《なるたき》、常盤《ときわ》、撮影所前と四つ。ぼんやり外を眺める。ガタンゴトン、ガタ、ゴト、ガタンとリズミカルな音と揺れも体に染み込んでいる。外の景色も昔とあまり変わらない。ただ、まっすぐだと思って歩いていた道が、いつの間にか曲がっているように何かが変容してしまうことはあるもので。この一帯も昔は映画の撮影所がいくつもあって、職人の街として賑わっていたと父から聞いている。

嵐電の車内で俳優をスカウトしたこともあるという、溝口健二《みぞぐちけんじ》監督の邸跡《やしきあと》もある。そのせいか仁和寺は映画やドラマのロケがよく行われている。撮影許可がなかなかおりない京都の街にあって、この周辺が撮影に寛容なわけは、映画の街の名残であろうか。だとしても、「東洋のハリウッド」と呼ばれ、映画人が闊歩《かっぽ》していた映画界が活況を呈していた時代を知る人にとっては、ここもまた静かに変容を遂げているのかもしれない、と嘉子は、エコバックの少し長めの持ち手をねじりながら、考える。

そこに、「おはよう」と声がした。

え？

話しかけられたのかと思って、あたりを見回すと、声はそのまま、「おはよう。おはよう。おはよう。ありがとう。ありがとう」と続いた。どうやら独り言のようである。ちらりと声のするほうを見ると、ドアの右端にカーキのコートをはおった若い男が、下手くそなオウムのように、京ことばを繰り返す。

「ええ天気ですわ、ほんまにええ天気になって。ええ天気ですわ。ほんま、ええ天気やわ」

電車のリズミカルな音と、青年の調子っぱずれな京ことばが不協和音を奏でる。明らかに、観光客だろうが、それにしても、電車のなかで、発音の練習をするとは、日本人ではなさそうだ。外国人観光客であろうか。嘉子は確認しようと、そっと見た。

両手をコートのポケットにつっこみ、ニットのマフラーを長めに巻いた、しゅっとした青年は、イヤホンを聞きながら京ことばを反復し続ける。アジア系の観光客だろうか、ついつい嘉子が凝視していると、その視線に気づいたらしく、はたと顔をあげた。嘉子は慌てて目を逸らした。

それからは調子っぱずれの京ことばは聞こえなくなって、ガタンゴトン……といつもの嵐電の音だけが響いた。

## 帷子ノ辻

　元映画の街から、嘉子が通っているのは現映画の街・帷子ノ辻《かたびらのつじ》である。ここは平安時代、嵯峨《さが》天皇の皇后・檀林《だんりん》皇后が亡くなったとき、その遺体が置かれた場所、もしくは遺体を運ぶ際、棺にかけた経帷子《きょうかたびら》が風に舞い落ちた場所と言われているとか。逸話はさておき、北野線と嵐山本線のレールがY字に合流する場所。ここから一本になって嵐山に向かう。

　嵐電はガタガタガタガタと進行し、ビルの中にあるホームに吸い込まれて停まった。嘉子はいつも同じリズムで右足からホームに降りる。数えたことはないが、ケータイの万歩計機能を使ってみれば、おそらく、ここから改札までの歩数も毎日ほぼ同じであろう。これが当たり前のようになっていたが、その日は、なぜか左足が先に上がってホームに着いた。

　駅構内の踏切を渡り、改札へと歩いていると、前方を、さっきの京ことばの青年が歩いていた。京都弁と同じく、どこかおぼつかない足取りで改札を通り過ぎ、ホームの突き当りの地下道につながる階段を降りて行ってしまった。

あ、そこは……。

嘉子は足を早めて青年のあとを追った。

ガランとした地下から、カンカンカンカンッと金属音が響き渡る。それと同時に、嘉子とすれちがう通行人がひとり、階段を上がっていった。

温度が数度低くなったような、蛍光灯の青白い光のみの薄暗い地下道に降りると、時間がわからなくなる。真ん中は柵で仕切られていて、檻のようにも見える。柵で仕切られたほう、向かって右の壁には、もう使われていない券売機があり、こちら側には鏡がある。

通り抜けるドアは遊具のような柵状の回転式で、いま通り過ぎた通行人が通ったあとで、カンカンカンの余韻を残して回っていた。やがて、カタンカタンとゆっくりした動きになって閉まり、カーキのコートの青年は閉じ込められて困ったように、その前に立ち尽くしていた。

「あのー、どちらへ行かれます。ここ、外からは入れるんですけど、こっちから外は出られないんですよ」

嘉子が声をかけると青年はようやく仕組みに気づいたようで、照れくさそうに「あ、すいません」と頭をひょこひょこさせて踵を返した。

嘉子は無表情で、来た道をもどり、階段を上って、改札を出た。振り返ることはしなかったが、青年も後から改札を出たようだ。

謎めいた地下は二〇一一年までは改札口として機能していた。駅のバリアフリー化を目指して地上に改札を作ったことにより、お役御免。ただし、出場はできないが入場することだけはできるようになっている。このトラップに引っかかる観光客は後を絶たない。柵には一応、「入り口専用」と書いてはあるものの、多くの観光客は気づかず迷う。駅員ができるだけ目を配り、声をかけるようにしている。たまに忙しくて手が離せないときは自主的に地元の人間が声をかけるようになっていた。ここだけに限らず、観光客がなにかしら駅で迷っているようなとき、気づいた人が声をかけることが嵐電沿線の地元住人の習慣となっていた。帷子ノ辻は、北野線と嵐山本線の乗り継ぎ駅のため、四条大宮方面に行きたい人と北《きた》野《の》天満宮《てんまんぐう》方面に行きたい人が、どの電車に乗ったらいいか迷うこともあって、嘉子も何度かガイド本や観光パンフレットの類をもった観光客に声をかけたり、かけられたりしていた。

嘉子は改札を出て、車の行き来の激しい三条通りを渡り、大映通り商店街を太秦広隆寺方面に向かう。右手のスーパーの前には、この通りの守り神のように高さ五メートル、二階分くらいある巨大な「大魔神《だいまじん》」の像がそそり立っている。大映通りの「大映」は、昔、このあたりにあった撮影所の名前で、「大魔神」は、その会社の代表作だ。このあたりにはいま、太秦撮影所と帷子ノ辻撮影所がある。御室仁和寺の撮影所なき後は帷子ノ辻だけが映画の街と言っていいだろう。ただ、ここも昔はもっと撮影所があったが、いまはこのふたつのみになっている。

商店街は住人のみならず、撮影所のスタッフや俳優たちもふらりと歩いている。自転車で、撮影所のなかから近隣まで移動している俳優もいる。テレビや映画で見る俳優が、この街では、すこしだけ一般人にとって身近な存在になる瞬間だった。

嘉子は帷子ノ辻から歩いて左手にある〈キネマ・キッチン〉でバイトをしていた。ここは、食事もお茶もできる店で、かつ、持ち帰りの弁当や惣菜《そうざい》などもつくって販売していて、撮影所の人たちに重宝されていた。店内には映画のポスターや、映画に関する小道具なども飾られていて、映画による街興しに一役買っている。ときにはクランクインを控えて東京から来たスタッフが、牧野省三《まきのしょうぞう》の記念碑のある三吉稲荷《さんきちいなり》に参ろうと思っているのだが、と場所を聞かれることもあった。さっきも修学旅行生たちに蛇塚《へびづか》古墳はどこですか、と聞かれた。

店に入り、奥の控室でキネマ・キッチンと背中にプリントされているオレンジ色のポロシャツに着替え、茶色いエプロンをして髪をひっつめ、茶色い帽子をかぶり、スニーカーに履き替えてから厨房に入る。冬場は寒いのでポロシャツの下に黒の長袖Tシャツも着込んで。十一時の開店前に厨房で販売用の惣菜を作ることが、嘉子の最初の仕事だ。

店長は和田さん。嘉子よりちょうど二十歳年上。恰幅《かっぷく》のいい声の大きな女性で、いつもはつらつと現場を切り盛りしている。嘉子のほかに、彼女よりふたつ下の暦文《こよみふみ》が働いている。たいていこの三人がシフトで入って、調理、盛り付け、販売をクルクルと回していた。

「唐揚げあがりました」

厨房で唐揚げを作っていた文が、大きな容器に香ばしいできたてを入れて出て来て、弁当の盛り付けをしている嘉子と和田さんの中に加わった。すると和田さんはおもむろに、「嘉子ちゃんは最近どうなん。ええ人会うた」と訊いた。

「なんも無いんですよ。ずーっと一人ですねえ」

嘉子はあっさり答えた。この後、なんと返ってくるか、いささか憂鬱でいると、

「いっつもそんなん言うてるから、ひとりやねんで」

文がからかうように言った。

「うるさいなあ」

「今度、合コンしような」

合コン以外にも、嵐山に当たる占い師がいるからと、文はやたらと勧める。

わずか二歳しか違わないが、文は生命力にあふれ、人生を謳歌しているようだと嘉子は思う。嫌いじゃないし、適度にプライベートな話もするが、深いところまでは話せない。その境界は文の、すこし高めで鼻にかかった声音が作っている。

適当にあしらっていると電話が鳴り、「私、出ます」と文が走って受話器を取った。

「はい、キネマ・キッチンです」

文の声はさらに声が一オクターブ高くなった。

ほっとしたのもつかの間、わずかな隙間に和田さんは言葉を差し込んで来た。

「誰もいらんのやったら、一人紹介してーな」

「えっ、誰にですか」

「私に決まってるやないの」

和田さんは豪快に笑うので嘉子もしぶしぶ合わせて笑った。

和田さんは四十七歳。アラフィフの独身だ。五十歳まであと三年という四十七歳という年齢は、嘉子の二十七歳と同じなのだろうか。違うのだろうか。嘉子にとって二十年先は生まれ育った京都を出ることよりも途方のないものだった。

そこへ、電話で注文をとっていた文が声をあげた。

「撮影所の川島組さん、八個追加です」

いましがた、惣菜が足りなくて慌てて作ったところへ、また八個……「どーしよ」と嘉子が眉を八の字にすると、和田さんはたくましいもので、「いつもの事や、急ぐでー」と、手を早めた。と同時に文が厨房に再び飛び込んだ。

なぜか注文数が二転三転したり、メニューにリクエストが多かったり、そのクセ、少しでも安くしようとしたり、撮影所の注文はめまぐるしい。でも一番のお得意先でもある。

十一時前に、弁当を二十四個作りあげ、嘉子と文はコートを羽織ると片手に六個ずつ弁当を提げて〈太秦映画〉撮影所へと小走りで向かった。撮影所は嵐電の線路の並びに建っている。

正門には受付があり、そこで「キネマ・キッチンです」と名前を告げると、顔見知りの初老の守衛が笑顔で通してくれる。ふたりは軽やかに受付を通り抜けた。

撮影所には食堂があって、そこも繁盛しているが、野菜豊富なキネマ・キッチンの弁当も好まれていた。とりわけ急なエキストラのためや夜食用によく声がかかった。

急いで食堂のあるビルを右に曲がり、まっすぐ小走りで進むとNO.1、2、3、4……と番号のふられた漆喰《しっくい》の壁の巨大なスタジオが小山のようにそびえている。その道の途中には衣裳が干してあったり、大道具、小道具が置いてあったり、スタッフや俳優がつねに行き来している。撮影所のなかほどに、背はそれほど高くないが幹の太い桜の木が、もうひとりの守衛さんのように立っている。お弁当業者はその横にあるスタッフルームまでしか入れないから、桜の木は関所のようなものだ。いまは枯れ木のようだが、あと数ヶ月もしたら花を咲かすだろう。枯れ木のようでも、夕方バラ色に染まった空を背景にしてその桜の木を見ると、それが満開の木のように見えることがある。嘉子はそれが好きだった。

桜のわき、向かって右手に二階建てのアパートのような、簡易な作りのスタッフルームがあり、注文はそこからだった。

一階の一部屋、「川島組『結婚オブ・ザ・デッド』」と書かれたスタッフルームの前には、スタッフらしきアウトドアファッションを身に着けた人たちと、俳優らしき衣裳を着た人たちが立っている。彼らの脇をすり抜けてスタッフルームのドア前に立つと、なかは紙資料などで散らかっている。以前はタバコの煙も立ち込めていたが、昨今の事情でそれはもうない。ホワイトボードには、いろいろなメモが書きこまれていた。川島組は数日前から撮影を行っていた。

奥のテーブルで川島監督と打ち合わせをしている、猫背でやせっぽちな女性が助監督・川口明輝尾《めてお》だ。ともすれば少年のようにも見える、この明輝尾が弁当の発注者だった。

「これ、何語だよ」

「日本語です」

明輝尾は、監督に絞られているようだった。

「キネマ・キッチンです。お弁当お届けにあがりました」

嘉子と文は、明輝尾に聞こえるように大きな声で言った。壁にかかった時計は、十一時二十分。十一時三十分に届ける約束だったので余裕である。

明輝尾は、あ、と顔をあげた。キャップの前後逆さにかぶり、前髪が帽子の中におさまり額がまるまる見えている。その顔色は悪く、痩せこけて少々疲れて見えるのは、監督に細かいことをツッコまれているからだろうか。

明輝尾は、ほかのスタッフに弁当の受け取りを頼み、すぐまた監督との打ち合わせに戻った。

ほかの女性スタッフが「ありがとうございます。えっと二十四個ですね」と確認し、嘉子たちは「よろしくお願いしまーす」と営業スマイルで、ぺこりとお辞儀をしてスタッフルームを出ようとした。

と、そこへ見覚えのある顔が入って来た。さっきの京ことばと道がおぼつかない青年である。カーキのコートをはおって、赤い表紙の台本を持っていた。

青年は「お待たせしました」と明輝尾に声をかけると、嘉子に気づき「あっ、どうも」

と目を丸くした。

「あっ、撮影所の方だったんですね」

嘉子も驚くと、青年は何やら戸惑ったように赤い台本をチラチラと見せるような動作をした。

明輝尾が、「譜雨《ふう》さん、こちらのほうへお願いします」と呼んで、青年は監督の前に立った。

「おはようございます、よろしくお願いします」

「ああ、どうも、よろしくお願いします」

「衣裳、こんなで……」

譜雨と呼ばれた青年はカーキのコートを開いて、中に着ていた衣裳を見せる。

「おっ。だいぶ汚したね」

「大丈夫ですか？」

「ちょっと車で引いてもらいました」

背後にいた女性スタッフがアピールした。

「いいねえ、うん、いいよ」

さきほどまで明輝尾にこわい顔をしていた監督とは別人のような笑顔だ。

俳優だったのか……嘉子は妙な落胆のような、へんな気持ちがした。だったら撮影所前駅で降りればいいのに。駅が新設されたことを知らなかったか、もしくは台詞の稽古をしていて降りそびれたのかもしれない、などという思考が高速で頭の中をかけ巡った末、我に返った嘉子は文とつれだってその場を去った。

外に出た文はスタッフルームを振り返り、

「なあなあ、嘉子さん知ってはるの、吉田譜雨」

はしゃいだ声で訊いた。

「さっき駅で会うたんよ」

「俳優さんやで」

「知らん。観た事無いわ。有名？」

「あんまし。シネコンでやってる映画に出えへんし、テレビも出えへんなあ。ミニシアター系俳優。あ、でも一回、生命保険のＣＭ出たはったかも」

「ふーん」と興味なさそうにリアクションしていると、ちょうどそこへ部屋から出てきた譜雨が、ふたりをチラリと振り返った。

「ちょっと声大きい」

嘉子は小声でたしなめた。

「まさか、聴こえへんよ」

文はけろりとしている。

今度はそこに、タキシード姿に猟銃をもった主演俳優・合坂有亮《ごうさかゆうすけ》と、ウエディングドレスの裾をスタッフに持ってもらったヒロイン・菊乃真紗代《きくのまさよ》が、通りかかった。

「お疲れ様です」と微笑まれ、嘉子と文もつい、「お疲れ様です」と返すと、合坂は「いい芝居しましょうね」とさわやかに言う。

「あ、いえ、お弁当配達です」

文が訂正すると、合坂は、どこ吹く風。

「はい。人生はすべて芝居です」

映画の台詞のようなことを気取ったふうに言って、スタジオのほうへ向かった。彼の後をゾンビのメイクをしたエキストラたちも続いた。

「ちょっ、合坂有亮と菊乃真紗代に声かけられた」

文はすっかり舞い上がっていた。合坂有亮は吉田譜雨よりも断然、有名人である。シネコンにかかる映画の主演を何本もやっている。若手・演技派イケメン俳優のひとりである。彼のことは嘉子も知っていた。テレビにもよく出ているからだ。

ついでに言えば、菊乃真紗代もいま注目されている女優で、主演作はまだないながら人気若手俳優の相手役をよくつとめていた。いわゆる宝塚の娘役トップスターのように相手役を立てることが得手なのである。

華のあるふたりに見とれて一瞬、立ち止まったすきをつくように、明輝尾が嘉子たちを呼び止めた。

「あのすみません。失礼ですけど、ご出身、京都ですか」

「はい」と嘉子が小さく返事をすると、明輝尾の表情が少し明るくなった。

「あの、ちょっと東京の俳優さんの京都なまり聞いてもらったりしてもいいですか」

「えっ、方言指導ですか」

文が前のめりになった。

「いやそこまで厳密じゃなくて。違和感とかないか一瞬、聞いてもらっちゃっていいですかね」

「吉田譜雨といいます。よろしくお願いします」

明輝尾の横に譜雨が立っていて、頭を軽く下げた。つまり、譜雨が嵐電のなかでブツブツ言っていた台詞のチェックをするということだと察した嘉子は、素早く、「あ、じゃ、こっち」と文を指さした。

「あっ、じゃあ」と明輝尾は屈託なく文を見た。

「やっ、私は駄目です」

「あっ、じゃあ、あなた」

「えっ、私も無理です」

嘉子と文は、じゃれあうようにお互い譲り合っていたが、明輝尾は事務的に「では、じゃんけんしましょ。じゃんけん」と言う。とにかくどちらかにやってもらうミッションを遂げる気満々で、そこに諦めるという選択肢は一切なさそうだった。

じゃんけん。

嘉子がパーで、文がチョキ。

文のテンションが下がったようにも見えた。いやよいやよも、なんとやら、とは一般的に恋愛において使用される言葉ではあるが、恋愛に限らず、いやよいやよと引きながらもじつは興味があるという矛盾は少なからず存在する。文が、京ことばの指導を遠慮したのも、ほんとうは興味があったのかもしれない。だったら代わってもいいのにと思ったが、ルールはルール。それに嘉子も、まんざらでもなかったのだ。でも、嘉子はあくまでしぶしぶという態度を貫かなくてはならない。それはささやかなプライドである。はじめて桜の木を超える経験に、胸がときめいていることを知られないように精一杯用心した。

明輝尾につれていかれたスタジオの中は薄暗く、ほこりっぽい。土の地面の上に瓦屋根の古い日本家屋の屋根と柱など骨組みだけのセットが建っていた。撮影の装飾を片付け終えたセットらしく、がらんとしているが、こんなところに入ったのは嘉子ははじめてで、好奇心の目でぐるりと見回した。道具が素っ気なく置かれ、まだ撮影した映画の気配が残っているような気がして心がざわついた。

セットの前はスタジオの開け放ったドアから漏れる外光が入り、すこしだけ明るい。嘉子はそこで台詞を印刷したコピー用紙を一枚もって譜雨と向き合った。譜雨は赤い表紙の台本と別に、コピー用紙とメモ用の鉛筆をもっていた。文も保護者のような顔でついて来て、少し離れたところでしゃがんで見学をしていた。

「好きな人できたとかじゃないねん」

明輝尾の合図で、と嘉子がまず台詞を読み、譜雨が続ける。

「うそやん、誰か好きな人いるんやろ。ちょっと待ってや」

そこで、嘉子は止めた。

「待って、じゃなくて、待ってですね」

「待って。待って」

「あと、いるんやろ、じゃなくて、いるんやろ的な」

嘉子は正しい抑揚《イントネーション》を伝えた。

「あー。誰か好きなもんおるんやろ。ちょっと待ってや」

今度は譜雨はうまくなっていて、嘉子は台詞を続けた。

「ちゃうねん。ただ」

「ただ」

「ただ、私ら変わってしまったんよ」

あ……、この台詞が嘉子には、なにかわかるような感覚があった。

ただ、私ら変わってしまったんよ

いつか、どこかで味わったような感覚だ。昨夜食べたショートケーキの苺の一口目のような……。

ここまでは譜雨は問題なく読めたので、嘉子が何も言わずにいると、

「はい。ありがとうございます。じゃあ今度は譜雨さん、もっと手を掴んでみたりして」

明輝尾がおもむろに譜雨の手をつかみ、嘉子の肩を押してふたりを近づけた。嘉子がひるんだことを譜雨は敏感に感じ取り、すぐに腕を引っ込めた。

「急に言われてもこの方だって困りませんか」

「あ、はい。つい力が入っちゃって」

明輝尾も素直に非を認めた。芝居を仕事にしていると、何を言うにもやるにも芝居(フィクション)だからと、ある種、無神経になりがちだ。キスシーンも濡れ場も気にならないし、気にしないのがこの仕事。だが、嘉子は素人だ。

「これお相手の女優さんとやらはったほうがよくないですか」

嘉子がやんわり提案すると、譜雨が困った顔になった。

「や、これ裏の設定で、この女の人は映画に出て来ないんですけど、想像しとかないといけなくて。でも方言だとノリとか掴むの難しくて」

「役の真実みを深めるために今だけやる感じですか」

嘉子が言うと、明輝尾はわかってるじゃないかという顔で「そうです、今だけ」と頷いた。

嘉子も、そういうことは少しは知っていた。ほんとうは大学で芸術系の学科に通っていたのだ。この地とは反対側、鴨川を超えたほうの学校に通っていた。もう五年も前のことだし、卒業後、学んだことが役に立っていないので遠い記憶ではあったが。

「今だけ。わかりました。文ちゃん、見られると恥ずかしいし、ちょっと、どっか行っといて」

嘉子は文に懇願した。文は案外さっぱりと、「あ、わかった」とスタジオから出て行った。

たぶん、もう満足したのだろう。

そのとき明輝尾が持っているスタッフ間の連絡用のトランシーバーから電子音が鳴って、途切れ途切れの声がした。なんだか怒っているような声だ。「ウェイトレス役がいないじゃないか。どうするんだ」とかなんとか……。

「えっ？　考えます。……はい、戻ります」

明輝尾はあくまで淡々と応答し、レシーバーを切ると、「一旦、戻ります」と文を追いかけた。「文さん？　ちょっと」と何やら話しかけながら。


ギャラリーがいなくなったので、嘉子は肩の力がすこし抜けた。思い切って、ぐいっと譜雨に歩み寄って顔を近づける。

先程まで、はにかんでいた嘉子が急に積極的になったので、譜雨は面食らいながらも嘉子の協力に感謝して、すぐに演技スイッチをオンにした。

「うそやん、誰か好きな人いるんやろ。ちょっと待ってや」

「待ってや」

嘉子はイントネーションを訂正した。

「ちょっと待ってや」

譜雨が直す。

「はい」

すると、譜雨が嘉子の腕を掴んだ。嘉子は、はっとなった。この「はっ」は、演技なのか素なのか嘉子にはよくわからないながら、ただそのまま台詞を続けた。

「ちゃうねん。ただ」

「ただ」

「ただ、私ら、変わってしまったんよ」

さっきよりも、この台詞に感情がこもる。譜雨は、ぐいっと嘉子の肩を抱いた。はっとなって、どちらかともなく、ふたりは静かに距離をとった。ただ目線だけは外さなかった。いや、外せなかった。

ガタゴトガタゴトガタ……風に乗って、嵐電の通過する音がかすかに聞こえて来た。撮影所の裏に線路があり、撮影中の嵐電通過待ちは、昔ながらの撮影所の風物詩であったが、嘉子も譜雨もそれを知らない。

じっと嘉子の瞳を見ながら、譜雨は「お名前は」と訊いた。その顔は素に戻っていた。

「小倉嘉子です」

「小倉嘉子さん」

「はい」

その後、譜雨から出た言葉は、じつに唐突なものだった。

「嵐山って近いんですか」

「近いですよ。嵐電ですぐです」

「どんなとこですか」

「どんなって、京都って盆地なんですけど、三方が山に囲まれて嵐山は西側の壁いうか、あと桂川が流れてて」

困って答えると譜雨は、「地形ですか」と笑った。

嘉子は慌てて回答を変えた。

「お土産屋さんとか沢山あります。観光地。でも今、空いてますよー」

嵐山は、紅葉の季節か桜の春そして川の水が気持ち良い夏が人気。一方、冬の川べりは寒いけれど、穴場の人気がある。俳優仲間と遊びに行くなら、モンキーパークはどうですか、と言おうとしたら——。

「あの、お時間あれば一緒に行きません」

譜雨の言葉に、嘉子は猫のように身構えた。

「なんでですか」

「こういうやりとりしてくださる人がいたらと思いまして。川べりとか練習にいいし」

台本を掲げて、あくまで練習を強調するが、初対面で急速に距離を縮めてくる譜雨に嘉子は身を固くし、鋭い目をした。

「今だけやないんですか」

「すみません。余計なこと言いました。聞き流して下さい」

意外と紳士的に折れたので嘉子は力を抜いて、「はい」と赦した。

と、そこへ明輝尾と文が小走りで戻って来た。

「すみません、譜雨さん、出番です」

「はい」と譜雨は、何もなかったかのように出口に向かった。

明輝尾の横に立っている文が真新しい、大きなフリルのついたエプロンをしていることに気づいた嘉子は、「なにそのエプロン」と聞くと、口を開いたのは文ではなく、明輝尾で「あのー、お願いがあるんですけど」と折りたたんだエプロンをそろりと差し出した。

え……その頼みに嘉子は面喰らった。

嘉子は明輝尾の言うがままに走りながら、流されるようにエプロンを身に着けた。

撮影所は広く、いろいろな建物がある。つぎに、たどり着いたのは録音スタジオだ。明輝尾によればこの中を、薄暗く広い、古いスタジオを改装して喫茶店にしているという設定らしい。さっきのスタジオとはうってかわって、まばゆい照明がたくさん焚かれていた。

喫茶店の中央テーブルに譜雨が座っていて、その前に合坂と菊乃が並んで座っていた。合坂は鉛筆を削っている。テーブルにはピンク色の婚姻届。

軽くリハーサルをして本番がはじまった。

合　坂「悪いな」

譜　雨「いや、結婚おめでとう」

菊　乃「ありがとう」

合　坂「こんな時代やけど、お前に見といて欲しいんや」

菊　乃「婚姻届書くのに、鉛筆しかないのがちょっとね」
合　坂「なあ、俺のどこ好きになった」
菊　乃「何言わせんのよ、顔よ、顔」
譜　雨「顔かあ」

嘉子の眼の前で芝居がはじまった。台本を全部読んだわけではないから、いったいどういう話なのかわからない。ただわかっているのは、これが〝世紀末ゾンビ映画〟であるということだ。

嘉子と文が頼まれたのは、この場にウェイトレスとして出てほしいということだった。ゾンビのエキストラに人員をとられ、手が足りないらしい。

嘉子と文は、ごくりと息を飲むとタイミングを見計らって現場にそろそろと出て行った。

「コーヒー、お待たせいたしました」

嘉子は手を震わせ、コーヒーをテーブルにこぼす。菊乃の後ろにゾンビが立っているのを見て戦《おのの》いたという設定だ。菊乃は慌《あわ》てて婚姻届を取り上げつつ、背後にへんな気配を感じて振り返るとゾンビに噛みつかれる。

キャーという菊乃の絶叫をきっかけにゾンビたちが店内に雪崩《なだれ》込み、合坂と譜雨にも襲いかかる。ふたりはゾンビと戦いながら菊乃を助けようとする。嘉子と文もゾンビに襲われ、コーヒーを乗せてきたトレイで防戦する。嘉子は慣れないながら必死に怖がる演技をしてみせた。

カメラマンがカメラを担いで合坂と譜雨とゾンビの悪戦苦闘を追いかけていく。その隙にフレームの外に逃げた菊乃がメイクと共に素早く化粧替えを行う。青白く顔を塗られ、左の目は眼孔が崩れたように黒く塗り、たちまちゾンビに変化した菊乃は、ぎくしゃくとした動きで、もみくちゃになった合坂たちの芝居に加わった。カメラはまだ菊乃を映さず、合坂が菊乃の背を抱え振り返らせたとき、はじめて菊乃のゾンビ化が始まっていることがわかるという寸法だ。

この流れをカットを割らず、ワンカットで撮ろうと監督は考えていた。少しでもどこかが滞ってはいけない。現場には緊張感が漲っていた。

なんとか連携がうまくいき、ゾンビになった菊乃がカメラに向かって離婚届を突きつける。

「あーたしーと別れてー」

おどろおどろしい声を出したところへ、「なんでやー」と合坂が渾身のツッコミ。

「ゾンビまばたきしないー」

監督が絶叫し、菊乃が目をひんむいて「うわー」とわめく。「もっとー」と監督は右腕を振り回す。まるで指揮者がベートーヴェンの交響楽を指揮するように、激しく合図して俳優たちは鬩《せめ》ぎあう。そのなかで譜雨だけが、ただ呆然と菊野と合坂を見つめていた。もちろん、そういうふうに台本に書いてあるのだ。

嘉子と文は、ひとしきり騒いだあと、そうそうに画面からはけた。出番を終えたとはいえ緊張が抜けず、はあはあと肩で息を継ぐ。もちろん声が録音されないよう、できるだけ静かにということはわきまえていた。

暗がりで喧騒《けんそう》が続いているところをそっと見つめていると、やがて監督が「カット、オーケー」と言ってカメラが止まった。

はげしくもみくちゃになっていたスタッフ、キャストの動きもぴたりと止まり、みんな一斉に笑顔になって拍手しながら互いをねぎらう。ゾンビメイクの凄惨《せいさん》な表情で、笑う俳優たちがなんとも奇妙な光景だ。

この場面はこの映画の中で、とても重要なシーンで、無事撮り終えることができて、みんなすっかり肩の荷が降りたようだ。明輝尾も、さっきまでの力んだ雰囲気がとれ、明るい声を上げた。

「メシおしどうもすみませんでした。今十四時ですが、昼休憩に入ります。ゾンビの皆様、ありがとうございました。美味しいキネマ・キッチンのお弁当有りますよー」

「メシおし」とは食事休憩の予定時間を過ぎることである。

再び拍手が起こった。ゾンビたちとスタッフたちが嘉子と文を見て拍手した。ふたりは耳が赤くなるのを感じながら、両手を前に重ねて深くお辞儀をした。

妙に晴れがましい空気に呑まれた嘉子は、自分のほうを見ている譜雨に気づき、はにかんだように頭を下げた。

ひと仕事終えた充実感で、足取り軽くキネマ・キッチンに戻った嘉子と文は、鼻歌交じりで仕事に戻った。そのまま閉店時間になってレジを閉める作業をしていると、外看板を片付けながら和田さんが、にわかにむすりとした顔になった。

「あんたら弁当、届けにいって出演してたら世話ないわ。そんなに撮影所がええなら、太秦の食堂さんで求人してたで。そっちにいってもらってもええよ、ほんまにもう」

営業中は忙しさもあって黙っていたものの、若いふたりののんきさが腹に据えかねていたようだ。これに限らず時々、和田さんは機嫌が悪くなる。機嫌がいいときと悪いときの落差が激しいことには嘉子と文はもう慣れっこだ。ふたりはそっと目を合わせ、肩をすくめた。


和田さんがむくれながら店の奥に入ったのを見届けると、文がにやりと横目で嘉子を見た。

「嘉子ちゃん、吉田さんとええ感じやったなあ」

「一緒に嵐山に行きませんか、ってナンパされた」

嘉子は澄まして答えた。ひとりには間違いないが、好きでひとりでいるわけで、そんな態度だからだとか、合コン行こうとか、上から目線で言われることが面倒くさいので、ここはひとつ牽制しておこうと思ったのだ。

「え、ほんまに。行ったらえーやん」

「いやや、馬鹿にされてるみたいやし」

「今一人なんやろ。東京の俳優さんって、ちょっとしか京都に居いひんのやし、行ってき行ってき」と文がはやし立てる。

「よーそういうことというな――。文、そういうことしてはるん？」

半ば冗談で言うと、文は意味深に目を伏せた。

「え、別に。ちょっとな」

「え、ほんまに」

開いた口が塞がらない。いったい、いつの間に？　長らくここで共にバイトをしているにもかかわらず、嘉子は何も知らなかった。

ついでに言えば、自分には一度もそういう声がかかったことはなかった。今回がはじめてだ。声をかけられたところで、今日のようにきっぱり断るけれど、文にだけ声がかかっていることが、いささか引っかかる。二歳の年齢の開きは、嘉子が知りえないほど大きいのだろうか。

動揺で、レジ作業の手が遅くなっていると、コンコンと窓ガラスを叩く音がした。顔を上げると店の外に譜雨と合坂が立って、笑顔で手を振っていた。さすが俳優らしく、合坂が明快なジェスチャーをし、文は「ごはんでもどう」と誘っていることをすぐに理解し、「ステーキ、ピエロ、ピエロ」とはしゃいだ。ピエロとは商店街を太秦広隆寺方面に行ったほうにあるステーキ屋で、撮影所に来る血気盛んな若い俳優たちに人気があった。

　だが嘉子はやはり気が進まなかった。わざと下を向いていると、「あっ、菊乃真紗代や」と文の声がした。顔をあげると菊乃真紗代が合坂の隣にぴたりと付いて、華奢《きゃしゃ》な腕を絡ませた。どうやら、このふたりは役以上に親密らしい。

　菊乃は窓ごしにふたりの仲を見せつけるように嘉子たちを一瞥すると、合坂を引っ張るようにして店を離れ、譜雨も嘉子たちに会釈すると、あとに続いた。

　匂わせなくても人気女優の菊乃と、お弁当屋さんのバイトの嘉子と文では差がありすぎる。

「文ちゃん、もう終わりやろ。行ってき行ってき」と嘉子は言った。

「行ってええん。嘉子さんは」と今にも飛び出していきそうな勢いだが、嘉子は、「ええよ、うち人見知りやし、ええわ」と遠慮した。

　嘉子がこれまで声をかけられることがなかったとすれば、この極度の人見知りが原因である。いつも人と目を合わせないようにしていた。

文が猛烈な勢いで着替え、嬉々として出ていってから嘉子はゆっくりレジを閉め、着替えてコートをはおってマフラーを巻くと店を出た。商店街を抜けて三条通りを渡ったところで、譜雨が、台本を読みながら、歩いている姿が見えた。相変わらず台詞を覚えているらしい。

たぶん、また京ことばに引っかかっているのだろう。その姿は歩きスマホよりも危うく、「吉田さん」と嘉子は思わず声をかけてしまう。

後悔したときには遅く、譜雨は振り返り、「あ、お疲れ様です」と笑った。

「ごはん行かはらへんのですか」

「はい」

「京ことば、大丈夫ですか」と社交辞令的に聞くと、「そうなんですよ」と譜雨が困った顔をした。

なぜ、そんなことを言ってしまったのか、嘉子はあとで激しく後悔するのだが、そのとき、ふと口に出たのは――

「明日、台詞の練習しに嵐山行きませんか」

譜雨の目が輝いた。

「えっ、いいんですか」

「十一時はどうですか。夕方までには帰りたいです」

嘉子は淡々と言ったが、

「あっ、じゃ携帯教えてもらっていいですか」

譜雨がぐいぐい距離を近づけてくるので、「あ」と躊躇《ちゅうちょ》して後ずさった。

譜雨は嘉子の警戒心に気づいて、「あ、じゃあ僕の番号教えます」とリュックからペンを取り出し、台本のメモページに携帯の電話番号を書き始めた。

嘉子はそれも制止するように、「十一時にこの駅のホームで待ってます」とだけ言うと、譜雨を追い越し、振り返った。その背後に、「帷子ノ辻」と駅名が見え、譜雨はメモする手を止め、「この駅、名前難しいですよね」と言った。

「かたびらのつじ駅」と、すらすら口をつく嘉子。

「かたびらのつじ、ってなんですか」とたどたどしい譜雨。

「昔、高貴な女の人が亡くならはった時、その人の帷子っていう着物が風に舞い落ちた辻、だそうです」

「京都の駅名、難しいですよね。かいこのやしろとか」

譜雨は話を続けようとしたが、嘉子は、「それでは」と遮って、譜雨を残し、改札口につながる階段を降りた。ちょうど四条大宮行きの嵐山本線が出発するところだったので、足早に乗り込んだ。

電車に揺られながら嘉子ははたと首をかしげた。今朝、譜雨はなぜ撮影所前駅で降りなかったのか。京ことばの練習に夢中になって乗り過ごしたのかもしれないと思うと笑いがこみあげた。

## 太秦広隆寺駅

太秦広隆寺《うずまさこうりゅうじ》駅に向かう線路は道路上にあり、昔の路面電車を思わせる。昔、京都の碁盤の目の上には、たくさんの路面電車が走っていた。京都から堀川通りを上がって西陣界隈を通り、北野天満宮まで行く市電が北野線と呼ばれたこともあったと、嘉子は亡くなった祖父から訊いたことがあった。

京都最古の寺と言われる広隆寺があるこの駅は、小さいながら修学旅行生などでいつも賑わっている。ホームをいったん降りて踏切を渡った嘉子は、下りホームに向かった。

　もう一度、帷子ノ辻に戻ろうというわけではない。下りホームに隣接した、雑貨とコーヒーの店〈銀河〉に用があるのだ。

　ガラス張りの店の引き戸を開けると中はウッディな作りで、カウンターと僅かな喫茶スペース。壁面には棚が作りつけられ、多種多様な雑貨が並んでいる。品揃えは、懐かしい物や、アジアン雑貨、パワーストーンなどのスピリチュアルなものだ。この立地にもかかわらず、京都の観光土産ふうなものはあまりなく、近隣住民御用達といったふうである。嵐電は十分置きに来るから、電車を逃した観光客が時間を潰す時間はあまりないのだ。

　銀河には先客の若い女性がひとりいて、

「京都から出たことないんですよね」とカウンター奥のマスター・永嶺巡《ながみねめぐる》と話していた。

　巡は髪にも髭《ひげ》にも白いものが混じっているが、ハットをかぶり、細いフレームの丸メガネをかけ、革ジャンに派手な柄のストールと、おしゃれな五十五歳。穏やかな表情で、「それはもったいないわあ　外の世界みないといかんで」と客に返す。

「わたしはでえへんかな、京都好きやし」

そう女性客は言って、帰って行った。

カウンターの中から客を見送った巡は嘉子に気づき、「あー、嘉子ちゃん。どうや最近、お父ちゃんは」と訊いた。

「一昨日は話しかけたら頷いてくれたんやけど、昨日と今日は全くダメ」

「そうかー」

「いつものお香《こう》、ええ」

嘉子が言うと、巡はカウンターからゆっくり出て来て、棚の前に立つ。違う商品を「これか？」とふざけたのち、中央に置かれた何種類かのお香の中からひとつを取り出すと嘉子に手渡した。巡はおしゃれで話術がうまいから人気がある。もっとも、そのせいで女性関係でいろいろあるらしいと、嘉子は噂で聞いていた。でも、嘉子にとっては気のいいおじちゃんでしかない。

「巡さんとこのお香焚くたび、お父ちゃん、穏やかな顔しはるから」

そう言うと、巡は微笑んだ。巡と父の誉志男《よしお》は、昔なじみだった。

「嬉しいな。久子さんは毎日来てくれとるんやろ」

「おばちゃんに全部頼む訳にもいかないやないですか」

「でもな、嘉子ちゃん、自分の事も考えなあかんよ」

「分かってます」と言いながら、嘉子はお代を払う。

巡は「はい、二百万円」とまたふざけてお釣りを嘉子の手のひらに乗せると、「そうか。どうやコーヒー飲んでいくか」と言った。

「今日はおばちゃん、はよ帰りたいてゆうてはったんで、はよ帰ります」

「そうか、ほんなら今度ゆっくりな」

嘉子は頷《うなず》き、店を出た。今度はもう一度、帷子ノ辻に戻り、そこから北野線に乗り換えて御室仁和寺駅へと帰る。


家につくと、夕飯を作って待っていてくれた久子をねぎらう。久子《ひさこ》は、今日はお芝居を観に行くとかでそそくさと帰って行った。久子は誉志男の妹である。嘉子の従兄弟にあたるひとり息子も独立してひと息ついている専業主婦で、バイトしないといけない嘉子がいない昼間、父の世話をしに来てくれている。

一階のリビングの横にあるベッドに誉志男は寝ている。二階にあった寝室から、いつでも父の様子を見ることのできるここに介護ベッドを置いたのはいつだったか。今度の桜の季節で、三年目になるか。

　嘉子は、「ただいま」と言い、お香を焚《た》いて枕元に置いた。「ただいま」の声には反応のなかった誉志男の顔が、じょじょにやわらかく微笑んでいるように見えた。意識がなく、反応しない、寝たきりの人でも音や香りはわかることもある。嘉子はお香を焚いたり、父の好きなクラシックをかけたりするように心がけていた。久子にもそう頼んでいた。今日は枕元のプレーヤーでは『エデンの東』という古い映画のサントラをかけていたようだ。

　母は嘉子が十代のときに亡くなったが、父娘ふたりの生活は悪いものではなかった。ほがらかで働き者だった父が脳梗塞で倒れたときには、目の前が真っ暗になった。いまは真っ暗というほどではないが、嘉子の視界はいつも薄い霧がかかったようである。それはもはや諦念《ていねん》に近かった。

　あまり覚えてもいないけれど、父が倒れる前はそれなりに、三十歳までにあれをしたい、これをしたい、あれもしなきゃ、これもしなきゃ……と考えていた気がする。でも今はそういうことはなく、目の前のことだけ。父の身の回りを清潔に整え、穏やかな空間を保つこと。ときどき、手や足をマッサージすること等々……。天気が良くて、体調や気分の良い日は車椅子に乗って近所を散歩もする。

倒れたあと、リハビリをはじめたばかりの頃は、おばちゃんに勧められ、御室八十八ヶ所霊場を、父を乗せ車椅子を押して回った。改めてこの界隈《かいわい》を歩くと、この辺りは、いわゆる京都の碁盤の目と違って区画整理がされておらず、道が入り組んでいることに気づいた。くるくる回っていると、時間の流れがよくわからなくなる気がした。御室仁和寺の側には、四国八十八ヶ所を模した場所がある。二時間くらいで回れる近隣の人たちの散歩コースを、これほど真剣に回ることになろうとは思いもよらなかった。それでなくても、神社仏閣に参ることが生活と密着しているため、呼吸するようにお参りしている。それが特別な呼吸法のように、お参りしている自分が嘉子はすこし可笑しかった。父を、施設に委ねるという選択も強く勧められるが、未だ、考えたくなかった。もう一つの選択肢としては介護ヘルパーに来てもらうことだが、身内以外の人間を家の中に入れることが嘉子にはどうにも気がすすまない。

父のベッドの横の、小さな椅子に座っていると、お香の煙が鼻先からくるりくるりとからだのまわりを螺旋《らせん》状に漂い、嘉子はうたた寝をはじめた。

## 帷子ノ辻駅～車折神社駅

翌日、嘉子はバイトに行くときとは違う明るい色のコートをはおって家を出た。ただ、ボトムスはジーンズにした。勘違いされると困るからだ。

いつものように北野線に乗って、帷子ノ辻駅で降り、嵐山線の連絡ホームの踏切に立つと、眼前を嵐電が通過した。踏切が上がり、嵐山方面行きのホームに向かうと、譜雨が電車を降りて嘉子のほうへ近づいて来た。

「こんにちは」と嘉子は声をかけた。

「こんにちは」と譜雨は微笑んだ。

「これに乗ってはったら良かったんですよ」と嘉子は指さした。

「あ、そっか」と譜雨が電車を振り返ったときには、運転手が電車の出発を告げていた。乗る素振りを見せれば待ってくれる。嵐電は乗客に親切だ。だが嘉子は、「歩きませんか」と譜雨を誘って改札を出た。

線路沿いの道を嵐山方面に向かって歩きながら台本を読もうと嘉子は思いついたのだ。

祠《ほこら》と小さな踏切りの道は、人通りも少ないので練習していても気にならない。譜雨は台詞をだいたい頭に入れているので、台本を嘉子に手渡した。

赤い表紙の台本。はじめて手にする本物の台本に、嘉子の心は小さく踊った。学校の授業でも台本は手にしたけれど、商業作品として世に出る本格的な映画の台本とはやはり違う。どんな話なのか……、結末は……と知りたくなったが、台本をめくっているところを見られるのが恥ずかしいので、ぐっと抑えた。

嘉子と譜雨が歩きだすと嵐電が通り過ぎて行った。


「その、変わるって、どうゆう意味でいうたんかなあ」と嘉子がはじめる。

「ただ、変わるねん」

「え」

「どっちが悪いとか、そんな事やなしに。息吸うてるだけで、いつの間にか変わんねん」

譜雨の動作が演劇のように大きくて、なんだか嘉子はおかしくなった。

「なんでそんな」と聞くと、「最初はこれくらいからやってみるんです」と譜雨は恥ずかしそうに反論した。それは了解し、譜雨のイントネーションがやや違うので嘉子が直した。

「息吸うてるだけで」

「息吸うてるだけで」

　譜雨がもう一度リフレイン。

「いつの間にか変わんねん」

「いつの間にか変わんねん」

「そうそう」

　嘉子が褒めると、譜雨は、「台詞やト書きがない箇所も、演技してみてください」と言い出した。

「動き方って俳優が考えていいんですか」

「想像してみてください」

　やったことのない困惑よりも、楽しさが勝った。嘉子は台本をコートのポケットに刺すと、大きな歩幅《ほはば》で歩き出し、くるりと振り返った。

「その、変わるって、どんな意味でいうたんかなあ」

　撮影所の中で、棒立ちで台本を読んでいたときよりも、なんだか声が自然に出るような気がした。

嘉子は沿線の路地裏を歌うように台詞を声にだしながら駆け抜け、それを譜雨が追いかけた。

気づけば道なりに赤い柵が見えて来た。有栖川《ありすがわ》駅を越えて、二駅めの車折《くるまざき》神社駅まで歩いてしまった。もっとも嵐電の駅と駅の間はそれほど長くないので、歩いてもたいしたことはない。幼い頃に時々、父と帷子ノ辻から車折神社まで散歩をしたし、父以外の人とも歩いたことがある。

車折神社は芸能にご利益があるとされ、撮影所にも近いことから、芸能人がお参りに来ることで有名な神社で、なまえが書かれた朱塗りの玉垣が毎年奉納《ほうのう》される。お目当ての芸能人の名前を探しに、観光客が多く訪れる場所だ。車折神社駅は、神社に合わせて駅の入り口がこってりした朱色で塗られている。


「ただ、変わるねん」

「え」

「誰がいいとか悪いとか、そんな事やなしに。息吸うたりしてるだけで、ただ、いつの間にか変わるねん」

譜雨の京ことばは次第に自然になって来て、それと同時に芝居も自然になっていた。嘉子の芝居もかなりこなれていた。

余裕が生まれてきて、周囲の状況にも目が配れる。

「譜雨さん、電車来ました」

嘉子は京紫色の嵐電が来たことに気づいて改札口に走った。車折神社の入り口と改札口はほぼ重なっていた。

車掌はふたりが乗るまで待ってくれていた。電車に飛び乗ると座席は埋まっていて、ふたりは後部の運転席の窓に張り付いて、後方に流れてゆく線路を見つめた。

「くるまざき」の読み方もわからなかったと笑う譜雨を見ながら嘉子は、この人もいつかこの神社に玉垣を奉納することがあるだろうか、と思った。

**嵐山駅**

終点・嵐山駅は、嵯峨、嵐山と風光明媚《ふうこうめいび》な京都屈指の観光地。古《いにしえ》は貴族の別荘地、昭和は映画スターの邸宅、いまは外国人観光客の人気スポットナンバーワンと、時代が変わり、人が変わってもつねに愛され続けている。それだけに駅前は念入りに飾られている。京友禅《きょうゆうぜん》の布地をアクリル製の長い円筒で包んだ鮮やかな柱が六百本立ち並んでいる。名付けて「キモノ・フォレスト」。夜になるとライトアップされて、日中も夜もインスタ映えするようになっている。傍らには足湯があって、観光の疲れを癒やす人気の場所になっている。大正時代から数軒の温泉宿があるが、その源泉を平成に入って再度掘られた温泉が引かれているのだ。

譜雨は物珍しそうに駅中を見ながら嘉子について行った。駅の改札を出ると正面には名刹・天龍寺。改札の左手を進むと、有名な渡月橋が架かっている。全長一五五メートル、水平にかかる端正な橋は、周辺の風景を生かしこそすれ、その橋だけが目立つことはない。それでいて昔ながらの雰囲気を残すため橋桁《はしげた》と欄干《らんかん》は木製のままに、さりげなく手をかけてある。語り過ぎないその精神性を嘉子は好ましく思った。

冬場は比較的、観光客はまばらとはいえ、カメラを首から提げた外国人らによって、橋の歩道は混雑していたのであえて渡らず、手前の渡月橋下流左岸のほうへ降りた。観光に来たわけではない譜雨からは、渡月橋をなにがなんでも渡りたいという欲も感じられなかったからだ。

流れる桂川《かつらがわ》は、厳密にいえば、丹波《たんば》山地に源を発し、上桂川から大堰川《おおいがわ》に名前を変えて、亀岡の保津峡《ほづきょう》付近からは保津川、渡月橋を境にして桂川と名前を変える。でも行政上の表記は、ひっくるめて「桂川」だ。河原に降りると、寒気が足元に張り付いて離れない。見えないもうひとつの川を歩いて渡るように、嘉子と譜雨は歩く。観光客の代わりに鳩がたくさんいた。

嵐山といって嘉子が思い出すのは、その美しさは当然ながら、司馬遼太郎《しばりょうたろう》はその著書の中で嵐山と並んで双が丘が美しいと叙べていると、父が言っていたことだった。それを嘉子は子供ながらに誇らしく思ったものだった。

その嵐山を背にして、嘉子は譜雨を連れて東のほうへ進んだ。

「譜雨さんの役、ええ役ですね」と嘉子が言うと、

「でも主役じゃないです」と譜雨は小さくうなだれた。

やはり主役にこだわるものなのか。

「私あんまりテレビとか映画を見いひんから、譜雨さんのこと知りませんけど、東京からわざわざ呼ばれて出てはるなんて凄い事やと思います」

嘉子はフォローしたが譜雨は、「そんなことないですよ」と薄く笑った。やはり文との会話を聞かれていたかもしれない。ミニシアター系俳優という、あれを。

う〜ん、どないしよ、と思ってとっさに指を川の東南東方向に向かって指した。京都駅の方角である。

「あ、ほらあれ見えます」

「あれ、なんですか」

譜雨は目を凝らした。天気の良い日にはよく見えるが、今日はかすかに見えていた。

「京都タワーですよ」

「なんか、灯台みたいですね」

「京都には海がないけど、屋根瓦いっぱいあるじゃないですか。屋根瓦を海の波に見立てて、ともし火のイメージで、京都を照らす意味合いが込められてるそうです」

譜雨はその話を聞いてるのか聞いてないのか、

「嘉子さんの家はどこらへんですか」と聞いた。

「なんでですか」

「いやあの単純な興味で」

「わたしは嵐電の御室仁和寺駅なんで、もうちょっとあっち……」

「ああ、海のなかですね」

気の利いたことを言ったつもりなのだろうか、嘉子は薄く笑った。

すると譜雨は、「今度、京都タワー行きませんか」と言った。

え。嘉子は身構えた。

えっ。譜雨は拍子抜けした顔をした。きっとここまでの数時間、気心が知れたように思ったのだろう。でも、そうはいかない。

「すいません。また京都にお仕事で来はった時、誘ってください」

京女らしい断り方を嘉子がすると譜雨は、「ちゃんとそうなるように頑張らないとですね」と頭を掻いた。素直な人ではあるのだと嘉子は思った。でも、それとこれとは別である。ふたりの間には、この桂川のような川がある。簡単に橋は渡らせないと嘉子は姿勢を正した。


その後の稽古は嘘のようにガタガタだった。譜雨は京ことばには慣れてきたようだが、ふたりの会話の間合いが崩れてしまった。次第に寒くて我慢できなくなって、早々に帰ることにした。西の空が、赤く染まっていく。その中を細くたなびく雲が切なく見えた。

どのみち、嵐山の駅周辺は店じまいが早く、ホームは観光客で混んでいた。京友禅の柱はライトアップをはじめ、その前で写真を撮っている人たちがたくさんいる。嘉子と譜雨は黙ったまま列に並んだ。やがて嵐電がホームに到着したので乗り込んだ。混んではいたが、ふたり分の空席があり、並んで座った。ふたりは黙ったまま帷子ノ辻まで行った。嘉子はうつむいて白いエコバックの少し長い持ち手を、ぐにゅりぐにゅりと捻じり続けた。

ホームに着くと嘉子は、サッと立ち上がった。

「それじゃあ、私はあっち乗り換えなので。お仕事おきばりやす」

譜雨も立ち上がり「どうもありがとうございました」と丁寧にお辞儀する。

嘉子は電車を降り、反対側の北野線のホームに向かった。そのまま譜雨が窓の外を見つめていることに気づいたが、嘉子はまっすぐ前を見たまま通り過ぎた。意識していると気付かれないように気をつけたが、その芝居がうまくできたかはわからない。

ひとりで電車に乗りながら嘉子ははたと首をかしげた。初めて会った朝、譜雨はなぜ北野線に乗っていたのだろうか。いやいや、そんなことは私には関係ないことだと首を横に小さく振った。

## 御室仁和寺駅

電車に乗っている間に日が落ちて、御室仁和寺駅に着いたときにはとっぷり暮れていた。

冬の陽は振り向いた瞬間に、落ちる。

京紫色の電車から降り、仁和寺山門側の改札を出ると、暗がりに譜雨が立っていた。

「嘉子さん」と呼ばれ、

「どうしたんですか」と後ずさると、譜雨は「ああよかった」と嬉しそうに近づいてくる。

「追いかけて来はったんですか」

「いやいや、だって場所も知らないし、偶然です」

「追いかけて来はったんや」

「いや、違くて」

ついさっきまで譜雨に悪いことをしたような気がしていた嘉子だったが、その思いが一瞬で消え、大きく後ずさりした。

ところが譜雨は一向に遠慮なく嘉子に近寄って来る。世の中には自分のしていることを悪いこととは思わないタイプの人がいるが、譜雨もそうなのか、恐怖に身がすくんだ。俳優として将来を考えたら、こんなことしないほうがいいと言いたいが、声も出ない。と、譜雨は申し訳なさそうな顔で、「台本」と言った。

「台本、そっちにないです?」

ここが暗がりで良かった。嘉子は胸をなでおろした。と同時に顔に血が一気に上った。おそらく耳まで赤いだろう。

エコバックの中を探ると真っ赤な表紙の台本が入っていて、慌《あわ》てて取り出し、譜雨に差し出した。

「ごめんなさい」

「あっ。いや、すみません。なんか帰り道、静かになっちゃったし、御室仁和寺のほうに行けば、会えるかなと思って」

本線に乗って帰る途中、幸いにも広隆寺手前で台本がないことに気づいた譜雨は、ケータイで御室仁和寺方面に行く方法を調べると太秦広隆寺で降り、北に向かって本線と北野線の間をまっすぐ突っ切り走ってきたのだという。一度、帷子ノ辻に戻って北野線に乗っていたのでは追いつかないから、賢明な判断である。縦に突っ切ればそんなに遠いこともない。現に、先に着いて待ち受けることに成功したのだった。

誰に聞いたって譜雨の行動が讃えられ、労《ねぎら》われるであろう。そもそも必要以上に警戒して、ケータイ番号も教えていなかったからこんなことになったのだ。だが、嘉子はこのまま台本を持ち帰った挙げ句、必死で取り戻しに来た相手を勝手にストーカー扱いしたという事実を素直に悪かったと認めることが、なぜかできなかった。

「私、ちょっともやもやしてしもたんで。譜雨さん、自分のしたいことだけ要求しはるんで」

嘉子はあろうことか話の中身をずらした。

「え」と譜雨はひるむと、嘉子は一気にまくしたてた。

「私が何聞いても、だいたい、いやーどうかなあとかそんなことない、とか否定して返さはんのに、要求はストレートですよね」

「そうかもしれない。すみません」

譜雨が素直に謝るので嘉子はさらに続けた。

「会話の流れが否定で組まれると、なんで私なんかと一緒にいはるのか、わからんよーになってしまいました。俳優さんてそんな人ばっかりですか」

「いやそんなことないです。あっ、そうか。すみません」

「すんません。えらそーに」

「怒ったんですか」

「怒ってるんやないんです。私は自信がないから、人といる事が苦手なんです」

話が飛躍していることは嘉子もうすうすはわかっていた。でも、止めることができなかった。

「あの」と、譜雨は穏やかに言った。

「はい」

嘉子が逆上しているとき、その感情の波に乗らずに落ち着いている譜雨はありがたかった。

一緒に感情的になる人だったら大変なことになる。

嘉子が少し呼吸できる間合いで、譜雨は言った。

「嘉子さんと芝居してると、自分もすごく気持ちがよく動くし、嘉子さんもひとつひとつ違うし、変わるし。だからすごく怖い。どっかに飛んで行ってしまいそうで。だから真剣になる」

譜雨が嘉子をじっと見つめている。嘉子の瞳も、その目に磁石のようにぴたりと合った。

そのとき譜雨が嘉子の唇に唇を重ねてきた。嘉子は少し躊躇しながら、そのまま目を瞑《つむ》った。息を詰め、頭のてっぺんを突き破りそうに高ぶっていた気持ちが、お腹の下まですうっと降りて、ゆっくり深く呼吸できるようになった頃、譜雨はそっと体を離した。

そこへ自転車が一台走って来て、改札口の前で停まるとマフラーをした少年が降りた。

我に返って「今日はもう帰ります」と譜雨は言った。

離れがたく、嘉子は「じゃあ、そこまで」と、一緒にホームまでついて行った。譜雨のコートの袖を小さくつまんで……。

「明日、会えますか」

「三時から夕方でええんなら。また読み合わせしますか」

「いいですか」

「読み合わせ、楽しいです」

「嘉子さんの終わるくらいに、僕も空くと思います」

「なら、帷子ノ辻駅で待ってます」

静かに静かに言葉を交わしながら、ふたりはいつしか手を握りあっていた。

ホームの端のほうには、さっき自転車に乗って来た学生服の上にマフラーを巻いた高校生が、8ミリカメラを構えて立っていた。何かの瞬間を狙っている風情《ふぜい》だ。そこに、カンカンカン……と踏切が鳴りはじめ、ヘッドライトを光らせて電車が見えて来る。今度来る電車を狙っているのだろう。電車好きな人には嘉子は慣れていたので、素知らぬふりをした。

カチカチカチ……ふいに改札口から音が聞こえ、嘉子と譜雨が音の方見ると、顔が狸で体は人間の、駅員の制服を着た男が、切符鋏をカチカチと鳴らしながらホームに入って来た。

嘉子も譜雨も意味が分からず立ちすくんでいると、京紫色の電車がホームに入線してきた。ドアのそばの窓には、クチナシ色のステッカーが貼ってある。中には、顔が狐で体は人間の、車掌の制服を着た女性が立っていた。

ドアが開くと、中から、コンチキチンと鉦《かね》の音が祭りのように鳴り響き、狐の車掌は「この電車に乗れば、どこまでだって行けますよ」と誰にともなく微笑んだ。

狸の駅員が、狐の車掌の隣に乗り込んで、「かなわんわあ、さっき兎に会《お》うてもうた」とぼやいた。

「ああ、火いつけてきた子」と狐の車掌は応える。

「古傷が疼いてきたわ」

「ほんま、あんたが悪かったけど、勝手に人の旦那傷つけられたんは辛抱ならんわ」

「おお、なんか照れるわ」

「あんたをどついてええのは私だけやのに」

「やかましいわ」

まるで上方夫婦漫才がはじまったのかと思うほどの名調子。何かのイベント電車であろうか……と嘉子は思った。楽しくなって、つい、譜雨と一緒に電車に乗り込んだ。

ほどなくドアが閉まり、嵐電は走り出した。

気がつくと嘉子は諳雨の肩に頭を乗せて眠っていた。左手がじんわり熱い。諳雨の右手とつながっていた。

「ちょっと手汗。離していい」

「いいよ」

ふたりは手を離し、嘉子はそのままうとうと眠ってしまった。

## 帷子ノ辻駅

嘉子が目を覚ますと、隣に諳雨がいなかった。あたりを見回すが諳雨の姿はなく、見知らぬ乗客たちが黙って電車に揺られていた。

帷子ノ辻で降りて本線に乗り換えたのだろうか。

胸の中に、小さい空洞が空いたような気持ちがする。

北野線はやがて御室仁和寺駅に着いた。無人の駅が、いつになく寂しく思えた。

翌日、三時になっても譜雨は帷子ノ辻駅に現れなかった。

次の日も。その次の日も。

数日後、嘉子はいつものように北野線に乗って、帷子ノ辻で降りた。ちょうど四条大宮からの電車が来て、もしかしたら譜雨が乗っているかと思って探したが、乗っていないようだった。

肩を落として改札に向かうと、明輝尾がホームのベンチでのんきに朝の弁当を食べていた。「こんにちは」と声をかけると、明輝尾は「あっ、こんちわ」と慌ててタッパをもったまま立ち上がった。

「お食事中……」と嘉子は恐縮すると、

「先日はありがとうございました」と明輝尾はていねいに頭を下げた。

「こちらこそありがとうございました」

「おもしろかったです。すごい」

嘉子には、なんとなく予感があって聞いてみた。

「あの、吉田譜雨さんって」

「あ、もうアップしまして、東京に帰らはりました」

「あ、そーですか」

「はい」

「あの、譜雨さんの連絡先て、教えてもらうこと出来ませんよね」

ダメ元で聞いてみたが、答えはやはり、

「あー、さすがにそれは難しいですね」

明輝尾はいつだってあっさり対応する。

「あ」嘉子は急に声を上げた。

「どうしたんですか」

「いえ。失礼します」

嘉子は、そそくさと改札に向かった。

改札を出て嘉子は反対側のホームに向かう地下道の階段を降りた。

譜雨と初めて会話した地下道。そこには、ケータイが普及したいま、もう誰も使わなくなった伝言板が壁に掛かっている。ケータイがないときは、待ち合わせに遅刻したときなど、どこどこで待つ、みたいなことをこの伝言板に書き込みをすれば連絡がとれたのだが、嘉子はやったことはない。

嘉子はしゃがんでエコバックから赤い表紙の台本を取り出した。渡月橋で練習した後、嘉子が持ってきてしまったものだ。連絡先もわからないし、返せないまま撮影は終わってしまったようだ。台詞自体は暗記していたようだから大事にはいたらなかったろう。悪いことをした。

結局、映画がどんな内容だったか、わからないままだったなと思って、台本をペラペラめくると、途中まで書かれた譜雨の携帯番号が現れた。あの日、駅前で書こうとしたのを嘉子が止めたのだ。後悔の念が沸いてきたが、諦《あきら》めて立ち上がり地上へ上がった。

渡月橋の帰り、御室仁和寺まで譜雨が追いかけて来たのは、きっと夢だったのだろう。約束も、唇や手の温度も、すべてが夢——。あんな夢を見るなんて、と嘉子はしゃがんだ身を丸くして自分を戒めた。

外は雨が降っている。その雨が地下に流れ込む音とともに、回転ドアの回る音が重なった。

## 太秦広隆寺駅

そのまま、四条大宮行きの本線に乗り、太秦広隆寺駅で降りて、〈銀河〉に立ち寄ると、素通しガラスの店内は薄暗かった。休みかなと思ったが、うっすら光が漏れている。そっと覗き込むとカウンターの奥にスクリーンを貼って、なにか投影しているようだ。そろりとドアを引くと開いた。店内では、ジージーカタカタと機械音がして巡がひとり、映写機で8ミリフィルムを投影していた。

「こんばんは」

声をかけると、巡が振り返った。

「おかえり。懐かしいやろ。嘉子ちゃんのお父ちゃんが撮ったフィルムやで」

スクリーンには幼い頃の嘉子と、幼馴染の男の子が映っていた。ふたりは、〈銀河〉の横の路地に落書きしたり、追いかけっ子したり、仲良さそうに遊んでいた。

ふたりは狭い路地に一本ずつ、ロウ石で線路を書いていた。脇の路地は太秦広隆寺駅の名物でもある。ホームから、いきなり住宅地につながっているのだ。改札もなく、ただ、先は行き止まりになっているから無銭乗車は不可能で、このあたりの住人だけしか利用できない。

「章雄ちゃん、どうしてるんや」

ふいを衝かれて、息が止まった。

「もうずーっと会うてへん」

「今度な、ここで懐かしい嵐電の8ミリフィルムの上映会やろうと思うてな、皆んなしててな。昔の嵐電とか映ってたら、懐かしいでー。死んでもうた、角の床屋のおっちゃんとか映ってたら、盛り上がるやろなあ」

カタカタいう音を聞きながら、線路を描いている自分と章雄の映像を見ていると、嘉子はいつの間にか自分がずいぶん遠くに来ていたことを痛感していた。

まっすぐ進んでいるつもりだったのにここは、いったい、どこだろう。

**西院駅**

数日後の昼間、嘉子は、西院《さい》駅に来た。譜雨はもう東京に帰ったと聞くが、万が一……と思って、俳優たちが泊まっていたホテルのある西院に立ち寄ってみた。文が合坂とステーキを食べた日に、西院のホテルにみんな泊まっていると聞いたと話していたのだ。

あれだけ譜雨が間合いを詰めてくることにノーを突きつけていた自分が、夢のなか、譜雨が御室仁和寺に追いかけて来たとき、ストーカーを見るような目で見た自分が、宿泊ホテルのそばをうろつくとは恥ずかしい。文には決して話せない。

駅で降りたのはいいが、さすがにホテルに行くのはためらわれた。どのみち、いるわけもないだろうし。どうしようかと、線路沿いをとぼとぼ上った。西院の線路には踏切がなく、信号だけだ。警笛の音がして、下りの電車が行き過ぎる。立ち止まり、車内の乗客を眺める。そこに譜雨の面影を探していた。あの日、帷子ノ辻で本線の中の譜雨を振り返ることなく、通り過ぎたことを後悔していた。

過ぎてしまったことは仕方ない。諦めて歩き出そうとしたとき、車庫のほうから音がした。

ここには、嵐電の車庫がある。北野線も本線も仕事を終えると皆、ここに帰るのだ。いろいろな車種の嵐電が並んでいるほうを見れば、車庫の前でヘルメットをかぶり、作業着を着た整備員たちが作業をしていた。

作業員のひとりが嘉子に気づいて近づいて来た。ヘルメットの縁で顔がよく見えないが、そのひょろりとした長身に、小さい頭がちょんと乗ったようなシルエットはよく知っていた。

あの8ミリフィルムに嘉子と一緒に映っていた多田章雄《ただあきお》である。

章雄は、野良猫に近づくように、ゆっくりと近づいて来た。

「ひさしぶり」と言う声も、耳に馴染みがある。

「元気にしてた」と嘉子は訊ねた。

章雄は手にした使い捨てカイロを手持ち無沙汰に揉みながら言った。

「なんとか。狭い街やけど、なかなか会わへんなー」

「うん」

ふたりの間に横たわる線路の枕木を嘉子は見た。

「あれから誰か、出来た」と章雄は訊ねた。

「ううん」と反射的に否定するのは、この数年の、嘉子のクセだった。でも、このときはなぜか、自分の回答に違和感を覚え、「いや、うん」と曖昧に濁した。

「どうなん」

「よーわからん」

章雄はヘルメットを脱ぎながら近づいて来た。

ヘルメットをかぶったクセが髪につき、頭部が少しくしゃっとなったまま、章雄は言った。

「なんか、俺はあれから嘉子をずっと探してる気ーすんねん。車両の下に引っかかってんのかなーとか、保線してても鉄橋の下に落ちてるんやないかなーとか、そんな」

そう言われて、嘉子は思わず笑みがこぼれた。

昔から、章雄はちょっとユーモアのあるもの言いをして、嘉子を笑わせてくれたものだ。

章雄は御室仁和寺の隣、妙心寺駅に住んでいた。嘉子の家は嵐寛寿郎《あらしかんじゅうろう》の「寛プロ」、片岡千恵蔵《かたおかちえぞう》の「千恵プロ」の発祥地のそば、章雄の家は旧マキノ撮影所のそばにあるのだと教えてくれたのは、そういえば章雄だった。

幼稚園も小学校も中学校も一緒だった。高校だけは違っていて、大学は同じ。いつもしょっちゅう会って、近況を話していた。相談事もたくさんした。映画もたくさん見た。

嵐電に乗って、宇多野と鳴滝の間の桜のトンネルを、何度一緒にくぐったことだろう。

桜のトンネルのそばを流れる御室川の橋の線路を渡ることが、幼稚園のときはこわくて尻込みする嘉子の横で笑っていた章雄。

母が亡くなったときは、横で黙ってそばにいてくれた章雄。

大学を出て仲間たちが続々、東京に出ていく中、京都で映画を撮ると強く言っていた章雄。

いまもこうしてバイトをしながら、映画を撮っているのだろう。

あの頃、地元の生活を大事にすることに嘉子も賛同した。このままずっと、章雄が横にいてくれるような気がしていたが、気がついたらすこしずつ変わっていた。父が倒れた頃からであろうか。地元にいる意味が変わったような気がして、なにかもう、この街で誰とも自分が対等でいられないような気がしたのだ。

「好きな人できたとかじゃないねん」

「うそやん、誰か好きな人いるんやろ。ちょっと待ってや」

「ちゃうねん。ただ」

「ただ」

「ただ、私ら変わってしまったんよ」

思い出した。

映画の台詞は、嘉子が章雄と最後にした会話とそっくりだった。

そう、嘉子と章雄は北野線と本線のように帷子ノ辻を起点にして、いつの間にかY字状に離れてしまっていた。

章雄は交差した線路を越えて嘉子のほうに歩いて来たけれど、ちょっと遅かった。

## 嵐山本線・帷子ノ辻駅

譜雨が東京に帰ったと聞いても嘉子はまだ気になって、本線が来るたび、乗客の中に譜雨の姿を探していた。

改札近くで、「あ、嘉子さん」と声をかけられて振り向くと、明輝尾がひとなつこそうに笑っていた。

「あー、こんにちは」

「また会いましたね」と、フフフと笑う明輝尾の顔色は良い。映画がクランクアップして元気になったようだ。そうか、彼女は京都の人ではないが、京都の撮影所に勤めながら映画を撮り続けているひとりなのだ、と嘉子は理解した。

明輝尾は唐突に、「先日の撮影で、私、嘉子さんが好きになりました」と言った。

「え」と嘉子は一瞬、身構えたことに明輝尾はまるで気づかず続けた。

「将来、私の作る映画に出てもらえませんか」

この人もまた、自分の要求だけストレートに突きつけてくる人である。ただ、その目があまりにキラキラしていて、応援はしたいような気持ちになる。でも――。

「俳優は私できません」

嘉子は間髪入れず、断った。

「そうですよね。でも、譜雨さんと嘉子さんが、おふたりが凄くよかったんです。譜雨さんにも出てもらいたいんです」

「譜雨さん、出はるんですか」

「いえ、まだ決まったわけじゃなく、将来です。でも絶対に出てほしいと思っています」

「譜雨さん出はるなら、出ようかなあ」

嘉子はそう言いながら、なぜかふいに涙があふれてきたことに戸惑いを覚えた。

「ほんとですか？」

明輝尾はそれにも気づかず嬉しそうなので、「ふふふ」と笑って誤魔化した。

「ありがとうございます」

明輝尾はぺこりと頭を下げた。

「私、待ってますから、日時決まったら教えてくれはりますか」

嘉子の声は涙で震えていたが、明輝尾は嘉子の情緒不安定な様子に気づく様子もなく、

「わかりました。すみません、それじゃ」

そう言うと、嬉しそうな足取りで改札を駆けて出て行った。じつにせっかちな人である。

いつになるかわからない映画の計画。それでも、少しでも譜雨と接点が持てるので

あれば……と嘉子は願った。

そのとき風の音がして、音の方向に目を向けると、地下道の入り口から風が上がって来たようだ。なんとなく呼ばれた気がして、ホームを地下道に向かう。

「出口はこっちですよ」と駅員が背後から声をかけるが、「ありがとう、ちょっと下に降りてみたくて」と観光客を装った。

カツンカツンと階段を降りる足音が響く。ゴオオと音がして、ガランと何もない空間に、地上を、嵐電の通過する音が響いた。

まるで、カタコンベのようだ。『ロミオとジュリエット』のジュリエットがロミオを待つためにひとり下りていった地下墓場。

『ロミオとジュリエット』は、嘉子が大学の課題で唯一演じたお芝居だった。一目惚れしたロミオとジュリエットは、家が敵同士だったため結婚できない。ジュリエットは親が勝手に決めた結婚相手がいやで駆け落ちすることにする。そのため、仮死状態になる薬を飲み、死んだことにして、お墓に運ばれたところへロミオに助けに来てもらうという寸法だ。ところが、その作戦を記した手紙が行き違いになって……あとは有名な、若きふたりの悲劇で幕を閉じる。

十代のふたりが、わずか五日間で燃え尽きるからこそ美しいのであって、このままうまく行ったら喧嘩もあるだろう。倦怠期《けんたいき》もあるだろう。老いもあるだろう……なんてことがよく語られるお話である。嘉子は、純白のドレスを着てジュリエットを演じたものの、なんだかうまくできなかった。十代の少女のすべてをなげうった情熱がどうにも表現できなかった。どこかでストッパーがかかってしまうのだ。褒めてくれた人もいたけれど、嘉子にはわかっていた。自分にはなにかが足りない。それでこういった世界へのはかない希望を断ち切ったのだった。

真っすぐ歩いて来たと思った道が、いつの間にかカーブしていたことの起点は、思えばすでにこのあたりから始まっていたかもしれないと嘉子は思う。

とまあ、そんなことを考えても仕方ない。時間は不可逆だ。あの日、あのときの自分にとらわれていたら先に進めない。ふと、そう思ったとき、

カラカラカラ……とふいに、無人のはずの改札ゲートが回り始めた。

そこに人影を見たような、ぎくりとなると、鏡に嘉子が映っていた。自分の分身のような鏡の中の嘉子を見ていたら、体の中からもうひとりの嘉子が抜け出して、床と壁の間に身を横たえた。

その姿を立ったままのもうひとりの嘉子が覚めた気持ちで見下ろす。

不思議な光景だ。

人が死ぬときは、こんなふうに魂が宙に浮いて自分の体を見ると聞くが、私は、死んでしまったのだろうか……。

仰向けに横たわる嘉子は目を見開き、そのままじっとしている。

と、そこへ柵の向こう側から修学旅行生だろうか、男女四人の高校生たちが経帷子《きょうかたびら》の四方《しほう》をそれぞれもって、広げ、ヒラヒラと舞い遊ばせながらゲートをくぐって入って来た。

彼らは笑い声をたてながら嘉子のまわりを一周すると、横たわる嘉子の身体に向かって経帷子を静かにかぶせ、そのまま階段を上がって行った。

経帷子ともうひとりの嘉子は、溶けるようにカタコンベのような地下の床に消えていった。

この土地で自信をなくした、もうひとりの私、さようなら……。

嘉子は万感の思いを込めて自分を葬った。

# 太秦広隆寺駅

その日、父の具合が珍しくよかったので、車椅子で外に出ることにした。嵐電に車椅子で乗ると、みな優しかった。

巡が企画した8ミリフィルムの上映会は、十八時三十分からはじまる。その三十分くらい前から、お客さんがそぞろ集まって来ていた。外はすでに陽が落ちて、〈銀河〉の中も薄暗く、白熱灯の柔らかい明かりがいくつか点っていた。

嘉子が父を車椅子に乗せて中に入ると、近所の老若男女、〈銀河〉の常連さんたちで店は埋まっていて、立ち見の人もいた。京福電鉄の鈴木さんも来ていた。巡は嘉子に駅前の不動産屋さんと、最近、このあたりにアパートを借りて本を書いているという作家先生を紹介した。会場のセッティングを手伝ったというふたりは、車椅子の移動にも手を貸した。

開映時間になった。巡が挨拶して店の電気を消すと、カタカタカタカタと映写機が回り始めた。フィルムは何本もあって、白黒のものもあればカラーのものもある。音の付いているものもあれば、ないものもある。プロっぽくしっかりしたものもあれば、いかにも素人といった画面が安定しないものもあった。

　嘉子は目を見開いた。

　二十七年間、あまり変わってないように感じていた街が、線路が、まるで違う。いや、知っているはずなのにどこかが違う。四条大宮、西院、北野白梅町、御室仁和寺、太秦広隆寺、帷子ノ辻、車折神社、嵐山……。名前が変わった駅がある。カタカタカタとい う映写機の回る音、フィルムの中の、ガタゴトガタゴトいう嵐電の音。それから、外の現実の嵐電の音。すべてが混ざりあって奇妙な郷愁と違和感が交互にやって来る。時間の流れを生きつ戻りつする不思議な乗り物に乗っているようだった。

　年配のお客さんたちは思い思いに、かつての風景を眺め、「あれはどこだった」とか「ああ、山田さんのお店はもうなくなっちゃったなあ」と声をあげている。若い世代や子供たちは、新鮮な驚きを表していた。

　彼らの一番うしろで、巡はじつに満足げに映写機を回していた。

　嘉子は終始、誉志男の表情を観察していた。みんなが楽しそうにしているからか、機嫌は良さそうだが、映っているものに明確な反応はなかった。ぼうっと開いた両目に、スクリーンの光が反射しキラキラしている。口元も微笑んでいる。やがて嘉子と章雄の映像が映ると、誉志男の頬に一筋の涙がつたった。自分が撮ったものだとわかったのだろうか、嘉子は胸がきゅうとなった。

と、そこへ嵐電の車内に座る嘉子と譜雨が映った。いったい、いつ誰が撮ったものなのか。あの日、御室仁和寺駅で8ミリを回していた高校生が撮ったものだろうか。スクリーンの中の嘉子と譜雨は、とても仲良さそうで、楽しげに会話していた。ときどきカメラのほうを見て指差すなどしている。最近の出来事ながら8ミリの画だと、不思議にいつの頃かわからない、遠い遠い記憶のようなものに感じられた。

思い出は美しく、でも哀しい。嘉子はこれがもう戻れない思い出ではなく、いま、そのものであったなら……と、ぎゅっと両手を祈るように重ねた。

最近の映像はさらに続き、ここ太秦広隆寺のホームからレトロ嵐電が出発して遠ざかっていくところから、カメラが左に動いてホームの脇で何人かで固まってしゃべっている高校生たちを映す。その中から、ひとりがアップになった。まんまるほっぺのショートカットの少女が笑っている。カメラは長いことその少女を映していて、嘉子はその少女の顔に不思議な愛着を覚えた。少女自体にというよりも、これを撮った人の心を思うと、嘉子の鼓動は嵐電のゴトゴト言うリズムのように弾んだ。

## 嵐山駅

ゴオゴオと桂川が流れる水音が激しいのは、昨晩の雨のせいだ。

嵐山の駅から渡月橋を渡り、桂川の河原を少し歩いた嵐山公園の一角——葦《あし》の生えたあたりで映画の撮影が行われていた。

主役は嘉子と譜雨。監督は明輝尾だ。『結婚オブ・ザ・デッド』撮影から一年。仕事の合間に台本を書いて、仲間を集めて初監督作を撮ることになった。資金の一部はクラウドファウンディングで集めた。

明輝尾は助監督時代と違って、派手な真っ赤なロングワンピースをコートの下に着ている。「私が、監督」という旗印のように。気のせいか髪型が嘉子と似ているような……。

キャスティングは理想どおり。というか明輝尾がふたりに当てて脚本を書いたものだった。ギャラリーもちらほら見ているなか、オレンジ色のコートを着た嘉子と、白いロングコートを着た譜雨は、少し距離をとって立った。

嘉子と譜雨が再会したのは昨日。顔合わせと読み合わせを行った。譜雨は俳優として知名度も増して来ていた。嘉子の置かれている状況はとりたてて変わっていない。けれど譜雨と再会して、嘉子はなにかが変わるような、かすかな予感がしていた。それは二十八歳の誕生日の直前であった。

ふたりから発されるいい空気を感じた明輝尾は、わさわさとふたりを取り囲むスタッフたちに、「ふたりだけにして」と言った。

引き潮のようにスタッフたちがふたりから離れると、明輝尾は「行くよ〜、本番！よーい、スタート！」と声を張り上げた。

それを合図に嘉子と譜雨は、お互いに近づいてくる。

譜　雨「あっ、すみません。なんか帰り道、静かになっちゃったし、こっちのほうに行けば会えるかなと思って」

嘉　子「譜雨さん、自分がしたいことだけ要求するので、どうしたらいいか困る事があって」

譜　雨「えっ」

嘉　子「会話の流れが否定で組まれると、なんで私なんかと一緒にいるのかわからなくなってしまいました」
譜　雨「怒ってたんですね」
嘉　子「私は自信がないから、人といる事が苦手なんです」
譜　雨「嘉子さんと芝居してると、自分もすごく気持ちがよく動くし、嘉子さんもひとつひとつ違うし、変わるし。だから、すごく怖い」
譜雨、嘉子、見つめあう。
譜　雨「明日、また会えますか」
嘉　子「読み合わせ、楽しいです。明日、また帷子ノ辻の駅で待っています」
ふたりは手を握った。

明輝尾から晴れて映画を撮ることになったと、台本がメールで送られて来て読んだとき、嘉子はすぐに気づいた。これは、『結婚・オブ・デッド』で、譜雨と台詞の稽古をした時の台本が元になっていることに。実際に撮影はしないが、登場人物のサブテキストとして必要になり、急遽、明輝尾がその場で書いたものだった。嘉子と文が弁当を配達に来たとき、監督に「これ日本語か」とツッコまれていたのは、これだった。

明輝尾は急いで書いた短いダイアローグが、嘉子と譜雨によって生々しく立ち上がっていく様子に感銘を覚え、これを元に短編映画を作ろうと思い立ったのだ。この断片に、好きだった宮沢賢治の童話『シグナルとシグナレス』へのオマージュを込めて書きあげた。


「カット。もう一度、お願いします」

明輝尾が止めた。

嘉子も譜雨も熱演していたが、すぐに我に返り、「はい」とだけ言ってもう一度、最初の立ち位置に戻った。

嘉子が譜雨をじっと見つめると、「カメラ回してください」と明輝尾はカメラマンにささやく。

「はい回った」とカメラマン。

「なんか、前と違っていいです。前の感じでなくていいです。新しい気持ちで構わないです。もう一度、お願いします」

明輝尾が言うと、カメラマンもマイクを掲げた録音部スタッフも、息を止めてふたりに集中した。

「よーい、スタート！」

譜　雨「あっ、すみません。なんか帰り道、静かになっちゃったし、こっちのほうに行けば会えるかなと思って」

嘉　子「譜雨さん、自分がしたいことだけ要求するので、どうしたらいいか困る事があって」

譜　雨「えっ」

嘉　子「会話の流れが否定で組まれると、なんで私なんかと一緒にいるのかわからなくなってしまいました」

譜　雨「怒ってたんですね」

嘉　子「私は自信がないから、人といる事が苦手なんです」

譜　雨「嘉子さんと芝居してると、自分もすごく気持ちがよく動くし、嘉子さんもひとつひとつ違うし、変わるし。だから、すごく怖い」

嘉子は、さっきとまるで違う感情が沸いて来て、しゃにむに譜雨に抱きつき、自分から相手の唇を求めた。

演技ともほんととも判断つかない、嘉子と譜雨の熱情に明輝尾の顔が輝く。カメラマンも録音部スタッフも、みんな自然と笑顔になっていた。

撮影は順調に進み、映画のラストシーンは北野線の龍安寺駅で撮影した。世界遺産で石庭が人気の龍安寺のもより駅。

ここは、〝行き違い駅〟といって、単線がぶつからないように行き違うように設計されている場所である。

夜、北野白梅町行きと帷子ノ辻行き、それぞれ最終電車が停まった。最終だから、中からそれなりに多くの乗客が足早に降りる。やがて発着音が鳴り、二台の電車は走り去って行った。

テールランプの光がじょじょに小さくなって乗客もいなくなり、静かになった駅の下りホームから譜雨が、上りホームから嘉子が、歌いながら歩いてくる。

明輝尾は音にこだわろうと、録音スタッフとはじっくり話しあっていて、電車の音をしっかり再現しようと考えていた。もちろん桂川の川べりの音も。


「最終電車が行ってしまったね」と譜雨。

「これからはわたしたちの時間ね」と嘉子。

ふたりはゆっくりと歩き、ホームを降りる。

「今日はね、もう一輌電車が通ることになっている」

「狐と狸が来る日だわ」

ふたりは歌をやめ、せりふを交互に語りながら線路に向かって歩いていく。

「だから今日はおしゃべりするのは、もうやめよう」

「そうね」

「あの電車に出遇ったら」

「あんたと」

「わたしは」


「私たちは、変わってしまうから」


最後の台詞をユニゾンで言うと、嘉子と譜雨は線路の真ん中まで歩み寄り、両手を前に伸ばして相手の両手と繋ぐと、そろって夜空を仰いだ。

きぃーんと張り詰めた冬空にひとつ、赤信号のような星がある。そのまわりに小さな星々が、バースデーケーキのろうそくのように嘉子を祝福しているかのように瞬いた。

嘉子は譜雨の手を強く握った。けっして離さないように。

# 第二章　衛星と斗麻子

## 西大路三条駅

そうだ、京都行こう。

おなじみのＣＭのキャッチコピーが、平岡衛星の頭頂部ななめ右のほうで囁《ささや》いた。現代日本に生きる京都以外の人間が京都に行こうと思うとき、この言葉が浮かぶにちがいない。一九九三年から長きにわたり使用され続ける、かような言葉を生み出すことができたら、物書きとして本望だろう、と言葉を扱う業界の末端に属している衛星は思う。

京都に誘うキャッチコピーをはじめて聞いたとき、衛星は二十歳だった。マスコミへの就職を目指していたが、バブルも終わり就職氷河期を迎えていて、道はなかなか険しかった。人はその世代を勝手に「ロスジェネ」と呼んで、くくった。静かな闘志を燃やしながら希望の業界に潜り込んだが正社員ではなく、契約。そこで基礎とコネを作り、フリーになって、ほそぼそとやって来た。

華やかな広告の世界やメジャーな雑誌の世界とは程遠く、グルメ、エンタメ、ガジェット、旅、アウトドア、スポーツ、ライフスタイル、書評、タレントや著名人のゴースト等々……とにかく雑食的に書き続けたことによって単著も何冊か出し、鎌倉――といっても、著名作家の住んでいるような高級住宅地とは違う、海に近い江ノ電沿線に家を買うことができた。海が好きだったので、サーフィンなどを楽しみながら仕事を続けた。こういうライフスタイルがまたネタにもなる。そういうところもこの仕事の好きなところだった。

出版業界のバブル崩壊は世間のそれよりすこしだけ遅れてやって来て、それと同時に、ネットが興隆してきて、紙の仕事が減り始め、併せて年収も下がり始めた。ちょっと困って、それでも長年にわたり築いてきた人脈をたどって一〇年代の言葉的に言えば「イマココ」。そろそろ新著を書きたい。衛星はそう思いながら、冬ぐもりで白っぽい材木座海岸を日がな一日眺めていた。

そうだ、京都――海の江ノ島から、海のない（厳密には北部にある）京都へ――。ちょっと軸足を変えてみるのはどうか。京都以外の人間が何を軽々しくと地元の人が眉をしかめそうな話だが、衛星には衛星なりに京都への思い入れもあるのだ。それはまた追って綴るとして、衛星は愛用のノートパソコンと関連機器、カメラ、ちょっとした着替えなど、簡単な旅支度をアウトドア用のリュックに詰めて、上着のうえにブルーの防寒性の高いアウトドアジャケットを重ね着して、朝イチで家を出た。

江ノ電で鎌倉に出て、そこから新幹線に乗るのに品川に行くか新横浜に行くかをスマホで検索した結果、新横浜に。右手に富士山を眺めながら崎陽軒《きようけん》のシウマイ弁当を食べたり、レギュラーの原稿を書いたりしているうちに、あっと言う間に「つぎは京都」と車内アナウンスが流れた。窓の外を見ると、建物の高さがすっかり低くなり、色味もシックな茶系に落ち着いている。どこかひとつ境界を越えて異国に来たような雰囲気がした。京都駅のホームに降り立った瞬間、きりりとした寒さが足元から這い上がり、首をすくめた。鎌倉の寒さとはどこか違う。

年がら年中混雑している京都駅だが、紅葉シーズンも終わり、年末年始までほんの一瞬落ち着いているかと思えば、修学旅行生が土産物売り場からトイレにかけて列を成していた。ワイワイと楽しそうだ。無軌道な彼らを避けながら京都駅の新幹線中央口から降り、京都タワーの手前、烏丸口にあるバス乗り場で、四条大宮に行く市バスに乗る。「28番　嵐山・大覚寺行き」。堀川通を北上、西本願寺の前を過ぎて、四条堀川の交差点を西に折れ、たどり着いた四条大宮には嵐電の嵐山本線の起点駅である四条大宮駅がある。対面には、阪急大宮駅があるが、衛星はここまで脇目もふらず、やって来た。京都行きのテーマは決まっていたからだ。それは、〈嵐電〉だった。駅の入口には弾んだような筆文字で「嵐電」とある。目線の高さに〝NHK大河ドラマ「武蔵」（二〇〇三年）の題字を書いた書家　吉川壽一《よしかわじゅいち》によるもの〟と記されてあった。ネットで調べると二〇〇八年からのものとすぐわかった。写真を撮って念のためメモを取る。〈嵐電〉とは、京都市下京区の四条大宮駅から、右京区の嵐山駅までを結ぶ京福電気鉄道の本線と、京都市上京区の北野天満宮の最寄り・北野白梅町から帷子ノ辻を結ぶ北野線と併せた路線の通称である。

衛星は、一日乗車券を五〇〇円で購入するとホームに入った。通常はおとな二二〇円、こども一一〇円。運賃は後払い。線路が二本、ホームが三面の路面電車にしては大きめな駅だ。眼の前に来ていた紫色の嵐電に乗り込むと、グルグルゴゥゴゥと勢いよく脳に響くモーター音が響いて出発した。「吊りかけ駆動」と言われるその音は、朝乗って来た江ノ電と似ていて、ふと、鎌倉にまだいるような錯覚を覚えた。激しい駆動音とガタンゴトンとゆったりした音とのハーモニーを聞きながら四条大宮からふたつめの西院駅を過ぎ、みっつ目の西大路三条駅で降りた。観光列車の沿線のなかで、とりたてて見るべきもののない鄙びた駅に見えて、ノーベル賞受賞者もいる精密機器の島津製作所の本社がある。衛星は粛々とホームに立つと、サブバッグを開き、手帳から写真を一枚出して写真と辺りを見比べた。ほどなく写真と風景がぴったり重なった。あの日の記憶が蘇り、なんとなくホッとした。

しばらくここに滞在しようと衛星は思っていたので、アパートを借りるつもりだった。どれだけいるかわからなかったし、地元に根ざすことが取材には大事である。こういうやり方ははじめてではなく、これまでも何度となくやって来た。手早く、ネットで物件をチェックし、内覧する約束を取り付けていたが、約束の時間まで間があるので、ちょっと散歩することにした。

西大路三条とは、名前のごとく西大路通と三条通の交差点にある。ここから嵐電は三条通と平行して走る。灰色のコンクリートの道路の真ん中が赤茶色で塗り分けられ、そこが嵐電の通り道だ。衛星は、三条通を西大路三条駅からひとつ先の山ノ内駅の方面に向かった。

あの耳に馴染みのモーター音が聴こえ、衛星は立ち止まった。高低差のある三条通の両脇に電柱が規則正しく並び、電線が、荒い目の網が覆ったように張り巡らさされている。冬の白い海に似た曇った空を閉じ込めたような電線を伝って、向こうから、車体の角が丸く、牧歌的なシルエットがゆっくりとせりあがり、ベージュと緑のバイカラーの嵐電が路面を上がって来た。

嵐電は、ここ西大路三条から山ノ内駅にかけて道路上を走る。車と並行して走る併用軌道となる。この光景を見られる場所は日本では数少なくなっている。衛星が調べてみたところ、京都は路面電車が国内で初めて走った土地だという。開通したのは一八九五(明治二十八)年。琵琶湖疏水《そすい》の水力発電が電車に生かされた。

京都の碁盤の目のうえに、かつては無数の路面電車が走っていたかと想像すると、目眩がしそうだ。碁盤の目のうえに、路面電車の幽霊たちが浮かんでくるような気がした。目を細めて見ていると、衛星の背後から、紫色の嵐電が越えていく。この紫色を京紫と呼ぶことを衛星が知るのはもう少し先のことである。緑とベージュの嵐電と紫色の、二輌の車体がピタリ重なった瞬間、時が静止したかのように見えた。だがそれは、ほんのひとときで、やがて固まった時がゆっくりと溶け出し、両車は行き違う。互いに鳴らすキーンと響くモーター音は、分かれの挨拶のようにも、互いの身が引き裂かれてゆく叫びのようにも聞こえた。

## 太秦広隆寺駅

山ノ内まで行って、もう一度嵐電に乗った。地下鉄東西線の太秦天神川駅《てんじんがわ》とつながる嵐電天神川駅、三脚の鳥居で有名な木嶋坐天照御魂神社《このしまにますあまてるみたまじんじゃ》がある蚕ノ社駅を通り過ぎ、京都最古の寺・広隆寺や、映画のテーマパーク・太秦映画村のある太秦広隆寺駅で降りた。ここも広隆寺の山門前だけ路面を通るようになっている。ホームに降りるといきなり、路地があり民家へとつながっているところも、奇妙である。周辺住民の私道のようなもので、電車とドアtoドアというのはじつに珍しい。

ホームに面したカフェと雑貨ショップが一緒になったような——反対のホームからは、自然・健康食品　エコ雑貨　スキンケア　備長炭・竹炭〜人と地球にやさしく自然治癒能力を高める逸品たち〜という看板が見える店と、シャッターがおりた舞踊研究所の建物の間の細い路地をそろりそろりと通り抜ける。なにしろ人様の家の軒先。壁を隔てた先は生活が営まれていると思って遠慮がちに進む。壁を隔てたら他人の生活といえば、集合住宅はみなそうなのだが、戸建ての路地にはなぜ、こうも人間の気配がするんだろう。すだれのさがった個々の家から違った食べ物や洗剤の匂いがする。錆びたトタンやガスメーター、植木鉢、ざらりとした石壁を伝っていくと右も左も袋小路になっていた。

引き返してホームに戻ってくると、ちょうど電車が行ってしまったところだ。ホームの端にブレザーの学生服にマフラーを巻いた高校生らしき少年が、8ミリカメラで無心に嵐電を撮っている。

「モボ21形、26号車、レトロ調車輌。レトロというけど一九九四年製」

少年はぶつぶつとつぶやいている。衛星はその前を、みごとなまでに遮ってしまっていた。

「すいません」と慌てて身を翻したが、時すでに遅し。ちょうど電車が出ていくところを撮りそびれた少年は、つまらなそうにカメラを持つ手を下ろした。衛星は罪悪感をごまかすように話しかけた。

「それは8ミリフィルム？」

「まあ」と少年はぽつり。

「へぇー、懐かしいね」

「まあ」

スーパー8だろうか？　衛星がディテールを確認する前に、少年はさっさとカバンにカメラをしまった。

衛星は職業柄、見知らぬ人とすぐに打ち解けることが得意なので、気さくに接したつもりだが、少年はよほど機嫌を損ねたのか警戒心を解かない。言葉少ないままに、おずおずとホーム脇へ後ずさり、置いてあった自転車に乗って野生の小動物のように走り去ってしまった。

こういうことにも常日頃から慣れっこなので、衛星はとりたてて気にしなかった。自分の目的に戻り、バッグからさっきとはまた別の写真を取り出し、ホームのなかの同じアングルを探した。そして四条大宮方面を撮った写真と重なる位置を見つけた。

ひとつ、ひとつ、過去の記憶のパズルはハマっていくようで安心する。腕時計を見ると、そろそろ不動産屋との約束の時間だ。衛星はホームの逆側にまわり、四条大宮行きの嵐電に乗って西大路三条駅に戻った。

嵐電沿い、築年数の古そうな二階建てアパートの入り口で、と待ち合わせ、二階の1Kの部屋に案内してもらう。コンビニ袋に資料を入れた、山田と名乗る不動産屋は先に部屋に入り、窓を開ける。衛星は玄関で靴を脱ぎ、入ってすぐの左側のドアを開けて、風呂場をチェックした。洗面台と一緒になっている古い作りであるが、水回りはきれいだ。

「お風呂は追焚きが出来ます。大きいお風呂がええんやったら銭湯も近いし、遅うまでやってます」

三十代くらい、ほがらかに山田は説明した。

衛星は、もう一度、玄関から外に出て線路を眺めた。

「嵐電走ってますけど、音あんまり気になりません。一輌か二輌、そこらがピャーって行ってしまうだけやし、直《じき》に慣れはりますよ」

山田はおそらく、音が気になると言われて何度もこの部屋の契約を見送られたことがあるのだろう。だが、嵐電をテーマにしている衛星にとっては、むしろ嵐電が身近にあるほうが好都合なのだ。

衛星は玄関に戻り、廊下を通って六畳間に入った。

「嵐電にまつわる不思議な話とか、なんか知りませんか」

嵐電のイントネーションを間違って、嵐のほうを高い音で言ってしまいながら、半間の押入れを開けた。

「え。そやねえ、お盆の時やったら、妖怪電車って」

山田が発した「妖怪電車」という言葉に食いつき、ポケットから手帳を出すが、

「イベントやってはるみたいやけど」

「イベント……」

衛星は拍子抜けして手帳を閉じ、押入れをのぞいた。中には小さな四角い卓袱台《ちゃぶだい》が入っていた。杉か欅か、なかなか味わいのある古いものだ。

「前のお客さんが置いていったんですな、またあとで片付けときます」

「これ、僕使ってもいいですか」

「いいですよ、気に入らはったんやったら」

折りたたまれた卓袱台の四本の脚を開いて、畳の上に置いてみる。手帳を真ん中に置き、両肘《ひじ》を卓袱台の上に乗せるとうまくハマっていい感じだ。

「いいなあ」と悦に入っていると、

「お客さんお仕事何したはりますか」

山田の目がさりげなくも鋭くなった。

そりゃあ、関東からやって来た中年の男がひとり、あやしまれるのも無理はない。こんなときのためにと――衛星は、リュックから、単行本を一冊とり出して山田に差し出した。表紙には『電車の不思議議話・関東編　平岡衛星』とあり、著書名を見た山田は「あんた、先生なんかいな」とたちまち見る目を変えた。

それほど大きな出版社ではないが、やっぱり著書があることは強力だ。幸い〝電車〟や〝不思議話〟の類は売れる題材で、そこそこ売れて版もわずかながら重ねていた。衛星はその第二弾を関西編でやろうと考え、まずは京都、それも嵐電を取材することにしたのだ。神社仏閣はたくさんあるうえ、蚕ノ社や帷子ノ辻など少々、ミステリアスな逸話のある駅もある。調べたら、もっといろいろ出てくるのではないだろうかとふんでいた。

部屋はここに決めて、その日から住まわせてもらうことにした。最近は民泊に滞在するのに近い感覚で、短期契約で容易に部屋が借りられることもある。だが布団はまだない。日が落ちると気温はどんどん下がる。衛星はリュックにまるめて詰め込んできた寝袋の中に半身を入れて、暖を取った。思ったよりは寒くなかった。

アウトドア用の調理器具をもってきて、それでお湯を沸かし、コーヒーを淹れる。簡易な食事もこれで作るつもりだ。電灯は、これもまた持参の小さなクリップライト。じつに簡素な設備で、卓袱台に向かって、嵐電路線マップにメモをする。まずは沿線を把握することからはじめるためだ。

「広隆寺、広隆寺は……京都最古の寺……」

ひとは一人になると、なぜ独り言を言ってしまうのだろう。声を出さないと何かが体に溜まってしまうからだろうか。溜まったものを、ぎゅっと文字にする仕事をしているはずにもかかわらず、衛星は言葉を漏らした。いちいち口に出して書き込んでいると、傍らに置かれたスマホが小さく動き、着信音が鳴りだした。その表示を見て、衛星は急ぎ受信ボタンを押した。

「こんばんわー。お疲れ様。うん、部屋借りちゃった。風呂つき三万。安いでしょ」

衛星の声が少し優しい。どこか甘えた音色になっていることは自覚している。そこに電車の音がかぶった。衛星は外に出て、電車が通り過ぎていくところを眺めながら、ケータイに話しかけた。

「京都、寒いよ。寒さが違うね。なんか鼻声っぽくない、風邪ひいてない。うん、こっちにいたら、きっと新しいの書けると思う。目処がついたら、なるべく早く帰るから」

そう言って電話を切ると、反対側の線路を紫色の嵐電が通り過ぎて行った。

## 太秦広隆寺駅

翌日、衛星は再び太秦広隆寺駅を訪れた。嵐山行きのホームに設置された、小さな背もたれのない木のベンチに座り、手帳を広げてぼんやり佇んでみる。踏切の警報器が鳴り、嵐電が入って来てホームに停まり、人が乗り降りし、やがて出発する。嵐電は十分おきに電車が来る。

ベンチの横には不思議な自販機があった。おみくじと仏像の小さなフィギュアだ。「この自販機の歴史は古く、遠く前世紀に遡ります」とあった。時代の流れには逆らえず、タバコの自販機がご利益販売機に変わったのだろう。

何度か電車を見送ったところへ駆け込んで来たのは、昨日の高校生だった。彼はまた8ミリを構え、早口で熱っぽく語りはじめた。

「一九九〇年から一九九六年の間に製造されたモボ621型625号。〝つながる〟〝広がる〟〝奏で合う〟。西院駅の記念ラッピング。漢字は同じだが、読み方が違う。阪急電鉄の駅は〝さいいん〟と読み、嵐電は〝さい〟と読む」

少年の声を聞きながら、西院は「賽《さい》の河原」があった場所なんだよなあと、手帳に「西院」、「賽の河原」ととりとめもなく走り書きしていると、セーラー服を着た女子高校生が広隆寺の楼門を背景にして、少年の後ろに立った姿が見えた。ＪＫなどと軽々しく言えない、素朴な見た目のショートカットの少女は、獲物をねらう猫のようにそろりそろりと前進し、首から提げたスチールカメラを構えると、厳かな顔でシャッターを切った。

「おい8《ハチ》ミリ」

少女は、東北なまりだった。

少年が振り返ると、

「8《ハチ》ミリは地元の人。学校さ行がねーの」

「行くよ」

「ねえ8《ハチ》ミリ、8《ハチ》ミリじゃ悪いがらさ、名前教えで」

「いやや」

8ミリとはケッサクなネーミングだと衛星はついにんまりする。だが、少年は無視してカメラを回し出した。カラカラと大きな音が少女との間に見えない壁を作る。それでも少女は話しかけた。

「電車が好きなの」

カラカラカラ……。少年は電車のいない線路に向かってカメラを回し続ける。

「私は、フィルムで電車とが撮るの好ぎ」

カラカラカラ……。電車はまだ来ない。少年はカメラを回し続けるが、少女が「ねえ」としつこいので耐えきれず「なに」とぶっきらぼうながら反応し、少女をやり過ごそうとする。

「運命って信じる」

それを通せんぼして少女は問うた。

「俺、電車だけやから。電車とかって、そんな適当やないから」

少年は少女をたやすくやり過ごし、ホームの端に停めた自転車へ駆け寄ると、横断歩道を渡って走り去った。

鉄オタ少年とカメラ女子……。アオハルだなあと、衛星は微笑ましく見る。小劇場の演劇のような会話のあと、ポツンと残された少女を、まるでたったひとりの観客のように衛星が見つめていると、少女が視線に気づいた。衛星は彼女の気持ちがわかるとばかりに、うんうんと頷くしかなかった。

「南天、どこさいるの」

少年の自転車が停めてあった方角——三条通りと広隆寺の楼門が見えるほうから声がした。同じセーラー服を着た少女が顔を出す。「南天」と呼ばれた少女は仲間のほうへと駆け出した。

その翌日、衛星はまた太秦広隆寺のホームのベンチにいた。頭が寒いのでニット帽をかぶり、手袋をして。今日も乗降客を眺めていたが、とりたててアイデアは沸いてこなかった。ここに座って乗客を待っていて何になるのかと人は思うだろう。いわゆるフィールドワークをして、嵐電沿線を歩き、情報収集したほうがいいと。だが、衛星にはある考えがあり、10分おきに来る電車と乗降客を見つめ続けた。

　と、そこへまた8ミリ少年が走り込んで来た。今日もまた制服のブレザーで。

「モボ101形、104号車、通称マルダイ。一九七五年から働いている嵐電界の超ベテラン」

勢いでそこまで言ったものの、「昨日撮ったからいいや」と素っ気なくカメラを下ろした。

「今日も撮影」

　衛星は話しかけた。すると少年は、「ちょっと聞いていいですか」と珍しく積極的に衛星に向き合った。

「何」

「いっこまえの電車って、何でした」

「嵐電ってどれも一緒じゃないの」

「え全然ちゃうよ」

「あ、そうなんだ」

「作られた時代で型が何種類もあって、同じ型でも色違い、宣伝広告のラッピングとかで変わるし」

「え、じゃ次に来るやつとかわかるの」

「毎日車両の運行シフトが変わるからわかんないです。鉄ちゃんで、毎日シフトをSNSに書く人もいるけど」

「それ見たりとかするの」

「僕は驚きたいから見ないです」

「いいね、その考え方本気だね」

少年のこだわりは衛星には好ましかった。

「ねえ、嵐電の不思議な話、何か知らない」

そう聞いたとき、背後のガラス戸が開き、「あの」と中から白髪交じりで眼鏡の、ちょっとおしゃれな初老の男性が顔を出した。

「よかったら美味しいコーヒーで温まりませんか」

そこがカフェと雑貨屋を併設した店であることに、衛星は最初から気づいていた。職業柄、観察癖はある。ただ、その前の木のベンチがこの店のものであることまでは洞察が行き届かなかった。営業妨害ですよ、とこの店主はさりげなく、気づかせようとしているような気がした。ここで知り合いを作っておくことも悪くないと考え、衛星は少年に持ちかけた。

「なら、次に来るやつの色を当てたほうが、コーヒーおごるってどうだい」

明らかに親子ほど年齢が離れているので、おごってあげてもいいのだが、いや、おごるのが当然なのだが、この少年の言動から思うに、対等に扱ったほうがいいと衛星は判断した。

案の定、少年は乗って来た。

「じゃあ、僕、京紫がいいです」

「京紫」

「しば漬けみたいな色した電車」

さっき見かけた紫色だと衛星は思った。

「じゃあ僕は、別の色がいいな」

衛星は言った。嵐電にほかにどんな色があるか皆目わからないけれど。

それから店主に「すみませんコーヒー二つ」と頼んだ。

「おおきに」と静かに言った店主は、少年のカメラを見て「懐かしいの持ってるなあ」と嬉しそうな声をあげ、反射的にカメラに触れた。少年は慌てて、奪い返すと、いかにも大事そうにそっとかばんにしまった。

そこへ、電車の近づく音が聞こえてきた。京紫だった。

「おじさんの、おごりですよ」と少年は淡々と言った。

そもそもおごってほしかったわけではない。そこまで困ってはいない。それよりも衛星の視線は、反対側のホームに来た電車に惹きつけられた。

「これ見た事ある」

上下がグリーンで真ん中がベージュの車体。ヘッドマークに「江ノ電号」と書かれていた。車体にも「江ノ電」と書かれ、えのんちゃんというキャラクターと海や大仏やあじさい、灯台などの江ノ島を思わせるイラストが車体に描いてある。衛星がいつも使っている江ノ電と同じ色だった。

「江ノ電って知ってる？」

少年に聞いてみた。

「もちろん知ってます。江ノ島電鉄。この、モボ611型の631号車は江ノ電号っていって、二〇一三年に江ノ電と姉妹提携した時に、江ノ電カラーのベージュと緑にした。です」

少年はナレーションふうに言ったあと、あわてて「です」をつけた。

「一台しかないの」

「一台しかないす」

「江ノ電号かー」

衛星は親しみを込めてその名前を呼びながら、少年を連れて店内に入った。

店の名は〈銀河〉といった。銀河の中は暖房が効いて温かい。外で足元が冷え切っていた衛星にとっては地獄で仏。救われた。ウッディな内装でがっしりしたカウンターと、ちょっとした喫茶スペースがあり、周囲の壁は棚になっていて雑貨が置いてある。京都土産などはなく、アジアン雑貨やスピリチュアル系グッズ、レトログッズなどが置かれていた。店のガラス戸の横はアジアンテイストの木彫りの壁になっていて、そこともマッチしている。

少年と丸いテーブル席につくとコーヒーのいい香りがして、店主がコーヒーを運んで来た。カップに両手をつけると、手のひらから全身にじわりとぬくもりが広がった。

ミルクも砂糖も入れる衛星に対して、ブラックを飲む少年は有村《ありむら》子午線《しごせん》といい、地元の高校三年生だという。学校では部活をしておらず、ひとりで鉄道を調べることが趣味。趣味が昂じて、バイトをして8ミリカメラを買った。スーパー8かと聞くと、フジカシングル8だと言う。8ミリといえば、スーパー8とくくられることが少年にはいささか不満なようだった。

ビデオでなくiPhoneでもなく、8ミリだったのは、カタカタ言う機械音が気に入ったからだと、衛星の質問に子午線はぽつりぽつりと答えた。口数は少ないが興味のあること、自信のあることは確実に話す。話せば話すほど衛星はこの少年に親しみを覚えた。

それにしても衛星が高校生だった頃は、手軽な機材として8ミリを使っていたが、いまならお金も手間もかけないならiPhoneのほうがいい。カメラ自体は安く手にはいるようだが、フィルムを手に入れること、現像することに手間がかかるだろう。いま、逆に手間のかかる趣味をもっている子午線が、衛星にはますます好ましかった。

銀河のマスターも、8ミリ愛好者だと言い、子午線の話をニコニコして聞いていた。雰囲気がよくなって来たので、衛星は嵐電にまつわる不思議な話はないかと、子午線とマスターに聞いたが、残念ながらふたりは首をかしげるだけだった。

# 西大路三条駅

夜になると衛星は西院に行き、路地にあるカウンターだけの、店主がひとりでやっている小さな食堂で食事をとった。さすがに毎日、アウトドア用道具でキャンプ食というのも味気ない。西院や四条大宮界隈は、安くてうまい店が点在していることに魅かれたのと、店主や隣り合わせた客から、なにかおもしろい話がないか聞くためもあった。酒も食べ物も美味しく、これから本題を切り出そうとしたとき、途中、東京から移住して来て、京都のグルメ情報をブログに書いているという、同年代くらいの常連客がやって来て話に加わった。同業者なので、早々にきりあげた。知り合いになってもよかったが、いましばらく、孤独でありたいと思ったのだ。

西院駅から西大路三条駅までひと駅なので歩いた。途中で花を買った。取材で知らない土地に滞在するとき衛星は、孤独を癒やすために花を飾ることを常としていた。生活感のない部屋に生き物のかすかな気配があるだけで、すこし心持ちが違うのだ。

暗いアパートに戻り、小さいライトを灯し、コップに花を飾った。卓袱台の前に座って、ノートパソコンを開く。各地でもらった観光ガイドのリーフレットやパンフレットを畳の上に広げた。畳の極細の隙間から冷気が湧いてくるようで、すぐに寝袋に下半身を潜らせる。いくつか業務のメールを読み、必要な返信をし、それからテキストファイルを開き、原稿を打つ。店主や隣り合わせた客から聞いたいくつかの不思議な話についてまとめていくが、さほどインパクトのあるものではなかったため、すぐに手が止まってしまった。現実逃避しようにもテレビもないし、友人もいない。凝った料理をするにも道具も材料もなければ冷蔵庫もない。この部屋自体が小さな冷蔵庫のようである。冷凍庫にしまったしものような気分で、衛星はパソコンと向き合うしかなかった。

作家がよくホテルや旅館に缶詰になるというが、衛星も原稿に行き詰まったときは、自分を追い込むために数日、どこかに籠《こ》もる。もちろん安いところに限るが。ここは茶室の四畳半のような小宇宙、などと自分に言い聞かせてみるものの、どうしようもなく、寒い。二階だというのに、床からしんしんと寒さが湧いてくるようだし、四方の壁からも冷気が染みてくる。明日は、百円ショップで、床に敷くシートや壁や窓に張る防寒シートを買ってこようと思う。その前に、布団を買うべきか。

あまりに寒いと、集中力がなくなる。無理して、頭を絞っていると、スマホの画面が光って、鳴った。

「もしもし。こんばんわー」

妻の斗麻子《とまこ》の声は、あたたかい。

「そっち、寒い」

「寒いね。そっちは」

「うん、かなり寒いよ」

「ゆうべは大して京都寒くないやんって思ってたけど、今夜は違うね。太陽の光もさ
あ、なんか関東と違うんだよ」

「盆地だから空気の湿度が違うのよ。前に二人で京都行った時も寒かった。憶えてる」

「憶えてる。あの時は江ノ電号、結局見られなかったね」

「私が腰を痛めて旅館から出られなくなってしまったから」

窓の外に踏切と電車の通過する音がして、斗麻子が「電車来た」とつぶやいた。

「聞こえる」

「江ノ電号かな」

今日、江ノ電号を見たよ、と衛星は喉元まで言いかけて止めた。

何年か前に、衛星は斗麻子と京都旅行に来た。西大路三条駅はそのとき泊まったゲストハウス〈京けむり〉のある場所だった。古民家をリノベーションしたそこに、ふたりは数日滞在して京都を巡った。そのときの目的のひとつが嵐電の江ノ電号を見ることだった。衛星と斗麻子の生活の足・江ノ電と嵐電が姉妹提携した電車で、江ノ電の塗装と合わせたグリーンとベージュ色の電車だったが、二代目になって、「えのんちゃん」というキャラクターや大仏のイラストが車体に描かれたものになった。レアな車両のため、なかなか出会えないまま、斗麻子は階段で転んだ拍子に、あいにくギックリ腰になってしまい、ほとんどゲストハウスで寝ているだけになってしまった。この状態では帰ることもできず、滞在日程を伸ばして症状が軽くなることを待つ日々。衛星は近くのスーパーで惣菜などを買って、あとの時間はほとんど寝ている斗麻子の話し相手になっていた。そのことが昨日のことのように甦った。

「電車来た」

質素な夕食を終え、布団にくるまっていた斗麻子が身動ぎした。

「聞こえる」

「江ノ電号かな……見に行きたいね」

「腰が治ったらね」

「ごめんね。せっかく京都来たのに」

「普段、鎌倉から出てないから。身体がびっくりしちゃったんでしょ」

斗麻子の枕元に座って衛星が話していると、斗麻子がゆるゆると布団から身を起こし出した。

「大丈夫」

「ちょっと外の空気吸いたい」

斗麻子は懸命に立ち上がろうとする。衛星は慌てて斗麻子を支える。動くと激痛が走るはずだが、意地っ張りな斗麻子は、なんとか痛くない体の向きを模索している。その細い肩に衛星は羽織るものをかけた。

「痛くないようにゆっくりだよ」

「せえの」

「立ったね。つぎ、どうしよ、どうしよ……ゆっくりね、ゆっくりね」

なんとか立つことに成功した斗麻子は、衛星の介助で着替えた。そして部屋を出る。

衛星たちの宿泊した部屋は一階にあたったが、玄関まで出るだけでも一苦労だ。ほとんど足が上がらず、すり足のように進む。

いち、に、いち、に、とふたりでゆっくり声をそろえて歩を進める。

「絶対痛くなる痛くなる」と衛星は心配でならない。

だが、玄関に用意された杖をもつと、少しだけ楽になったようで、斗麻子は線路まで行って、電車が見たいとせがんだ。

「ネアンデルタール人みたい」

斗麻子は前かがみになった自分を笑った。

線路まではふつうの足なら五分とかからない。どうにかこうにか線路まで出たが、身を切るように寒く、衛星が音をあげた。

「やっぱり戻ったほうがいいんじゃない」

「大丈夫。一台だけ見たい」

「そういや斗麻子って、京都に帰ったら京都弁に戻るのかと思ったらそうでもないんだな」

「それはだってそうよ。地元の人と喋っているわけじゃないんだもの」

「そんなもんかな」

「京都弁の方がええなら、そうしまひょか」

「えっ、しまひょかって」

「変えまひょかも」

戸惑う衛星に斗麻子は吹き出し、衛星もつられて笑った。

あの日、ふたりが歩いた線路が、衛星の借りたアパートから見えた。

## 2009年 東京

衛星がふたつ年上の斗麻子に出会ったのは、まだお互い二十代、ファッション情報誌のバイトをしていたときだった。編集業務をやっていた衛星だが、背が高かったこともあって、たまに簡単なモデルのバイトをやらされていた。フォトグラファーやヘアメイクアーティストたちから、かわいがられ、モデルになれば、もっと収入があがるのにとよく言われたものだが、そんなに簡単なものではないことはわかっていた。

斗麻子は同じ出版社の経理部にいた。経費の精算が遅い衛星は、いつも催促されたものだ。でも、ずいぶん待ってもらったし、計算が間違っていたり遅すぎたりしても、なんとか誤魔化してもらっていた。ただ、やっぱり経費精算の遅い契約社員と経理は天敵。それが、ふいにつながったのは、社内のレクリエーション部のひとつ、フットサルで一緒になってからだ。練習のあと、仲間と一緒に食事に行くようになり、隣の席になって話すと、好きなミュージシャンが同じだったことがわかって、親しくなっていった。あがた森魚の「カタビラ辻に異星人を待つ」。一九八三年に発表された曲の話で盛り上がった。ライブにも一緒に行った。

結婚するまで、斗麻子が京都出身だったことは知らなかった。それまで、かすかに関西なまりがあるような気もしたが定かでなく、尋ねる機会もなかった。なんで黙っていたのかと聞くと、十代まで住んでいたけど、もう親も親戚もいないし、ということだった。思えば「カタビラ辻」は斗麻子には、衛星とはまた違う思い入れがあったのだろう。鎌倉に家を買う、と衛星が言い出したとき、賛成してくれたのは〝古都〟つながりだったのかもしれない。京都、行こうとなったのも結婚して十年以上経ってからだった。二〇〇九年、互いに翌二〇一〇年、創業百年を迎える江ノ電と嵐電が姉妹提携を結んで、コラボ電車が走るというニュースを見た斗麻子が見に行きたいと言い出した。衛星は仕事柄、ゆっくり休みをとって斗麻子と旅行に行くようなことをしなかったので、たまには、と了解した。斗麻子と旅行に行ったのは新婚旅行の南インドのリゾート地以来だった。

## 2009年 太秦広隆寺駅

西大路三条駅そばの踏み切りの警報器がカンカンと鳴りはじめた。衛星と斗麻子は身を寄せ合って、嵐電を待つ。音を立てて通過したのは、京紫色の車両だった。

斗麻子はもっと歩きたいと言い出し、それはさすがに無理だからと電車に乗って太秦広隆寺駅まで行った。ホームを降りると、小さな路地がある。斗麻子が行ってみようというので奥に進むと、行き止まりだった。あはは、と笑ってふたりは引き返した。

「嵐電面白いね。家の間から急にホームに出るんだもの。京都来て、こういうことができるのも、ぎっくり腰のおかげですね」

確かに、そんなことでもなければ近所を散策することはなく、もっとベタな観光地を回っていただろう。江ノ電とのコラボ嵐電はきっかけに過ぎなかったから。

杖をついているにもかかわらず、斗麻子はやけに元気だった。でも、衛星は心配だ。こんなに底冷えのする夜、歩きまわって体を冷やすのは腰にいいわけがない。

「そろそろ戻らない」

そう言うと、斗麻子は聞こえないふりをして、「ちょっと、そこ立って」と四条大宮方面を指さした。斗麻子はよろよろしながら、ポケットからデジカメを出し、構えながら後ずさった。

その危うさに衛星はハラハラしながら、言われるままに立って、カメラに収まった。

「ちょうだい」

今度は、衛星が斗麻子からデジカメを受け取り、斗麻子を撮った。背景は広隆寺の楼門《ろうもん》前の三叉路。夜なのでピントがなかなか合わない。ようやくフラッシュが光って、カシャとシャッター音がした。

斗麻子はよろけて「あいたた」と言いながら、歩いて写真に収まった。

「帰ろう」

「まだ電車、見てないよ」

衛星がまた斗麻子を支えると、カンカンカンと踏切が閉まる音がして、ガタンゴトンと電車の音が、聞こえて来た。

「来た来た。次は江ノ電号かな」

斗麻子の声は踊る。

だが、ホームに入って来たのは、またしても京紫色の電車だった。

だが、それはどこか違っていた。いろいろと広告が貼り付けてある電車とは違い、簡素で、クチナシ色のステッカーが前方のドアのところに貼ってあるだけ。しかも客は乗っていなかった。いるのは顔は狐で体が人間の車掌と、顔が狸で体が人間の駅員のふたり。

コンチキチンと祇園祭りのような音楽がしてドアが開くと、狐の車掌はおもむろに喋りだした。

「いらっしゃいませ。ねえこの人誰かに似てると思いませんか」

指を差された狸は、「え、だれ」とトボけた。

「徳川家康」

「だれが狸親父や」

夫婦漫才のようなやりとりが行われる様子を、ホームで斗麻子と衛星は見つめる。

やがてふたりは電車に乗り込んだ。

ところがふと気づくと、衛星はホームにいて、傍《かたわ》らを見ると、斗麻子がいなくなっていた。

## ２０１８年 太秦広隆寺駅

「行っちゃダメだ」

声が出て、目が覚めると、そこは、狭い六畳間。嵐電の走行音が玄関越しに聞こえていた。

衛星はよくこの夢を見る。斗麻子がひとりで電車に乗って、いなくなってしまう夢。いつも、「行っちゃダメだ」と声が出て目が醒める。

落ち着いて考えると、いま衛星は新著の取材のため、ひとりで京都に来ていて、妻・

斗麻子は鎌倉の家で待っていて、毎晩、電話をかけてくる。ぎっくり腰にはあれ以来なることはなく、しゃんしゃんと趣味の庭いじりに精を出している。

ところが、なぜか衛星は太秦広隆寺駅のホームに毎日来て、乗降客の中に斗麻子がいるんじゃないかと思って、つい、探してしまうのだ。

家で待っている斗麻子と、嵐電に乗って消えてしまった斗麻子と、どっちが本当なのか。もしかして、電話がかかってくることのほうが夢ではないか。そんな迷宮に迷い込んだような気持ちになるのは、京都全体に透明な膜が張ったような不思議な空気のせいだろうか。電話をかけて斗麻子がでないとこわいので、自分からは電話をかけることはなかった。

衛星はまた、ポケットから写真をとり出した。かつてここで撮った斗麻子の写真を、斗麻子のいた場所に重ねた。写真は夜、撮ったもので暗いが、広隆寺の楼門が見える。衛星はじっと写真を見てからしまうと、次に来た京紫色の嵐電に乗ってアパートまで戻った。

数日後の午後、衛星はまた〈銀河〉にやって来た。衛星はすっかり〈銀河〉の常連となり、ここでコーヒーを飲みながら構想を練ったり、原稿を書いたりするようになっていた。マスターの名まえは永嶺巡《めぐる》と知った。巡が醸すなんともいえないふんわりとした空気が居心地良い。巡はしゃべれば軽妙だが、やたらと話しかけてくることもなく、その間合いも心得たものだった。

日がな一日、嵐電沿線をまわり、神社や寺、地蔵などを見てまわり、そこに書かれた文言を印し、図書館で調べたりして、その合間に〈銀河〉でコーヒーを飲んだ。

路線図の書き込みも、だいぶ増えたところで巡が棚の掃除をしながら、ふいに思い出したように言った。

「あっ、嵐電の不思議な話」

「はい」

「健康電車ってゆーのが走ってるって聞きましたわ」

「健康電車」

「なんでも、乗ると健康になるらしいですけど」

「うっそー」

「つり革の代わりに、こういうのんがぶら下がってるらしいです」

巡は左手を上げ、くいっと手首を動かした。

「握力グリップ」

「そうそう、それそれ」

ふたりは、どちらからともなく笑いだした。

巡が手をあげた拍子、その左手のくすり指に自分の指と同じ、控えめに光るものがある。前々から気になっていたことを、衛星は聞いてみた。

「失礼ですけど、お連れさんは」

「妻がいます」

「仲良いんですか？」

「ええ、まあ。ただ私がこんな感じやさかい、たまーにしか会うてません」

衛星は立ち上がってカウンターに移動した。

「会ってない間に、お互いに変わってたりしません」

「うーん」

「僕、仕事であちこちいくようになって、たまに帰ると、一緒にいなかった時間を考えちゃうんですよね。どっからだったかなーって」

「うちはもうほったらかしですわ。どうせ二人ともこの街にいてるし」

「あっ、そっかあ」

「むしろちょっと変わって欲しいくらいですわ」

巡は衛星よりちょうど十歳上。あと十年したら、巡のようになれるのだろうか。それにしても、巡の奥さんがどういう人なのか、ちょっと会ってみたいものだと思っていると、ガラス窓の向こうを子午線が、ホームに走ってくる姿が見えた。

後ろからカメラをもった少女が追いかけて来る。たしか、南天と呼ばれていたか。

ふたりのやりとりは締め切った〈銀河〉の中にも聞こえてきた。

「有村子午線、学校行けや」

「関係ないやろ。なんやお前」

「狐と狸に会ってまうで」

「エセ関西弁、やめてくれへん」

衛星はふたりの会話が気になって立ち上がると、扉を開けて南天に声をかけた。

「狐と狸って」

「修学旅行で好きな人ど「夕子さん電車」の写真を撮るど、結ばれるって言われでるんです」

南天は言った。頭上でパンタグラフがビビと擦れたような啓示《けいじ》。衛星は急いでメモをとった。

子午線は衛星に助けを求めるように、〈銀河〉の中に飛び込んで来た。南天も追って来て、衛星の座ったテーブルの前に立った。

「反対に、狐と狸の電車ってのがあって、それに遇った人は、大事な人と別れてしまうらしいです」

衛星は手を止め、南天を見上げた。

「誰か見たことあるって人いるのかな」

「都市伝説ですよ」

南天は頬を寒さで赤くして笑った。

「お前ひつこいから、狐と狸、見に行こーや」

子午線はからかうように言う。狐と狸という言葉が気になって、衛星はおそるおそる南天に聞いた。

「今まで別れちゃった人って知ってる?」

「さあ」

南天は衛星の真剣さをまったく介さず、軽くあしらった。彼女の意識は外のホームに向かっていた。そこには南天と同じセーラー服と学ランを着た男ふたり、女ふたりの四人が立っていて、〈銀河〉の中を心配そうにのぞいていた。

男女四人は、それぞれ、目で合図しながら、〈銀河〉に遠慮がちに入って来た。

ツインテールの女の子が、「南天」となだめるように呼んだ。続けて、男の子が目を釣り上げる。

「もう空港さ行ぐ出発時間だがら　ホテルさ戻るべ」

修学旅行の最終日なんだな、と衛星は察した。

だが、南天は行きたくなさそうにしている。ツインテールではない、ロングヘアの女の子が、子午線に詰め寄った。

「あなたのしてることは犯罪です」

そう言われて子午線は、流れ弾に当たったかのように目を剥いた。

南天は、同級生(と衛星が勝手に洞察した)に子午線をかばうように言った。

「違うの。あだしは子午線に会って運命を感じだの」

南天の真剣さに打たれて、もうひとりの男の子が大きく頷いた。

「運命だば、しかだねな」

すると、子午線を犯罪者呼ばわりした女の子が、その男の子を激しくどついた。

衛星は子午線と南天と四人の少年少女の様子を観察していて、どうやら修学旅行で京都にやって来た南天という女の子が子午線のことを好きになり、運命を感じて追いかけ回し、それに同級生たちが業を煮やしているのだろうと推察した。十代らしいドタバタを衛星は微笑ましく見た。だが、当人たちは、微笑ましいどころではない。ひりひりするような思いを抱えているのである。

「俺は感じてへん」

南天の真剣さに比べて、子午線はすげない。

「あだしは彼どいたい」

南天は意地を張る。

「なにが南天ば、そった風に思わせでしまったがを教えでけろ」

同級生の男の子が困り果てていた。

「そったごとじゃないのよ」

「へば、帰るべ」

店に根が生えたみたいに動こうとしない南天に、業を煮やしたツインテールの少女は、顔をしかめて言った。

「あだしだちが嫌いだば嫌いって言っていいよ。したばって連帯責任なんだはんで、一緒に怒られるの辛いでば」

「ごめんなさい。有村が学校さ行ぐんだば、あだしも帰る」と南天。

「関係ないやん」と子午線は口を尖らせた。

衛星から見たら、子午線は飛んだとばっちりである。

「南天。南天のごとを心底心配して、南天どずっと一緒にいだいって思ってる人がいだら、どせばいいんだ」

ちょっとがたいの大きい、真面目そうな少年はそう言うと、ふたりの男の子のうちのひとりを見た。

ははん、なるほど。これは片思いの「↓」(矢印)が一方通行になっているパターンだなと、衛星は思った。少女漫画によくあるやつだ。斗麻子の読んでいた漫画にも確か、そんなストーリーのものがあったっけ。

子午線↑南天↑がたいのいい男の子↑ツインテールの女の子

アオハルだなあ、と衛星は微笑んだが当事者たちは真剣だ。それまで知らん顔で皿洗いなどしていた巡が、三すくみ状態ならぬ、四すくみ状態を見かねて、やわらかく声をかけた。

「みんな、コーヒー飲まへんか」

みんな一斉に黙り込むなか、しばらくして南天がぼそりと口を開いた。

「好ぎにすればいいど思う」

「そやから俺も好きにしてええやんか。誰にも人の事、とやかく言う権利ない」

子午線はあくまでクールだ。南天は想いを一気に断ち切り、顔をくしゃくしゃにして笑った。

「有村子午線、へばね」

子午線は、南天の急な変化に気圧されながらも「おお」とぶっきらぼうに挨拶した。人生の先輩、衛星としては子午線は無理をしているように思ったが、何もしてあげることはできなかった。これは彼らたちでなんとかするしかないのだ。

南天は右手を腕の付け根から大きく振り、〈銀河〉を出て行った。ちょうどそこへレトロ列車と呼ばれるチョコレート色で金の縁取りのある嵐電がホームに入って来た。子午線はカメラを持つと立ち上がって、店を急いで出て行った。

翌日、太秦広隆寺駅下りホーム。〈銀河〉は閉まっている。前の柱にもたれ、衛星が所在なく立っていると子午線がやって来た。子午線もしばらく黙って衛星のいる場所から路地をはさんで反対側の、いつも閉まっている舞踊研究所の前に立っていたが、しばらくして口を開いた。

「おじさんは毎日、何をしてんの」

「どうしようもない事を待ってるのかなあ」

「奥さんですか」

「え」

子午線が意外と鋭くて衛星はぎくりとなった。見れば子午線も、いつもより元気がない。８ミリカメラを力なく提げている。

「どうした」

「呪いにかかったみたいやねん。このカメラ、好きなもんを撮るために買ったつもりやのに、気いついたら、これで撮ったもん好きになってまうみたい」

ようやく自分の気持ちに気づいたんだな、と衛星は微笑ましく思ったが、その彼女は地元に帰ってしまったのだろう。きっと連絡先も交換しないまま。衛星が気の毒に思っていると、子午線はぽつりと言った。

「あのな、見てしもうたんや」

「何を」

「狐と狸」

衛星は、どきりとなった。

「だからもう会えへん」

衛星も狐と狸の電車を見ていたから、なんにも言えなかった。

衛星と子午線は黙ったままホームに立ち尽くし、十分おきにやってくる嵐電の乗降客に目を凝らした。その中に、誰かが乗っていないか探すように。

斗麻子も南天も降りては来なかった。

やがて、子午線は肩を落として自転車に乗って帰って行き、衛星はそのまま立っていた。そこへ巡がやって来て店の鍵を開けた。今日は特別なイベントを行うので、いつもの開店時間は夕方からに変更されていた。

巡はカフェテーブルの上にどこかから借りてきた8ミリの映写機を置き、カウンターの奥にスクリーンを設置した。

そこに、衛星がアパートを借りた不動産屋の山田がやって来た。彼もここの常連だったのだ。巡は山田と衛星の縁に微笑んだ。

山田は衛星とふたり、店内に椅子を並べはじめた。今日のイベントは、8ミリフィルムの上映会である。

「そういえば先生。本、書かはれました？　京都の不思議議話か」

曖昧に流していると巡がふたつ、コーヒーカップをカウンターに置いた。

「はい、忘れられないコーヒー、お待ちどうさま」

「いつものコーヒーやろ」

山田は笑った。

「まあ、そう言わんと、飲んで飲んで」

山田と衛星はカウンターに並んで腰かけて、一息入れた。

「美味しいです」

衛星はカップから顔をあげた。

「今日のはメッチャ旨い」

山田も目を見開いてコーヒーをのぞきこむようにした。

「旨いか、不動産屋。でも、お前の言うとおり、いつものコーヒーやで」

「ちゃうって、全然味が違うやん」と山田。

「この前頂いたコーヒーより、確かに美味しいです」と衛星。

「衛星さんはここのコーヒー飲むのは最近ですやろ。新鮮な気持ちで飲んでくれはる。そやから美味しいんやと思います。そやけど常連さんは、いつものコーヒーやとしか思とらん」

「いつ来ても同じやん」

「人は変わったって言われて初めて変わったって思うんやろな。自分が変わったのか、相手が変わったのか分からへんけどな」

「またはじまった。おっさん、もう難しい話やめてえな。頭いたなってくるわ」

不動産屋は笑いながらコーヒーをずずっとすすった。

衛星は立ち上がってホームを眺めた。ちょうど嵐電が停まり、降りた人たちの幾人かが、ぞろぞろと銀河に入って来た。

その中に、二十代と思われる女性に押され、車椅子に乗った初老の男性がいた。衛星と山田はふたりして車椅子を店の良さそうな位置に配置する手伝いをした。男性は、終始うっすら微笑んでいるように見えたが、ほとんど反応を示さない。付き添いの女性はどこか憂いある表情をしていた。

イベントの開演は十八時。三十分くらい前から、お客さんがぞろぞろ集まって来た。近所の老若男女、〈銀河〉の常連さんたちで、〈銀河〉は埋まった。立ち見の人もいる。衛星は遠慮して店の端に立った。

カーテンを閉め、巡が挨拶して店の電気を消す。真っ暗な店内で、カタカタカタと音だけ聞こえる。それはまるで、ここにいる人々の心臓の音を集めてひとつにしたように響いた。皆が期待を込めて息を吸う音と共に、ぼうと光の筋がスクリーンに投射され、映像が映し出されはじめた。

まず、いまの太秦広隆寺駅を出て嵐山方面に電車が向かうところが、いまと昔をほぼ同じアングルで映る。背後の広隆寺の楼門だけは時が経ってもかわらないが、車体と道路、ホームの様子は違う。それから帷子ノ辻駅。ジャスコと看板のある駅の上のビルが古い。

映っているのは、巡が店の常連や知り合いに声をかけて集めたフィルムである。嵐電とその周辺を撮った白黒だったり、カラーだったり、音も入っている物、いない物などいろいろだ。もう売られていないフジフィルムや、コダックフィルムで撮影された貴重な映像だ。そう、子午線の使っていたシングル8はフジフィルム、J.Jエイブラムスの映画で注目されたスーパー8はコダックフィルムと、ひとことに8ミリフィルムと言っても種類が違うのだ。

かつての嵐電の光景。電車と街と古い人たちが映っている。どこまでも続く線路。運転手の背中。揺れるつり革。もう失くなった風景。過去と言われている時間。もう会えない人たち。時間と思い出が蜃気楼のように甦っていく。

夜のライトアップで有名な鳴滝宇多野間の桜のトンネルの中を走る嵐電を八〇年代に撮ったものが映った。いまではシーズンになると、カメラをもった人々が沿線に群がるのだが、誰もいない。桜並木と嵐電だけが映っている。

それを見て、「木が小っさいなあ」と感嘆の声が漏れた。この映像は、娘と孫が御室仁和寺に住んでいた、元参議院議員の西岡ハル氏の追悼記録映画『精霊流し』に挿入されたものだという。北野白梅町方面へ向け、猛スピードで走行する嵐電の映像は、撮影所で美術の仕事をしている方が昔監督をした劇映画から抜粋したもの。北野天満宮近くに会社のあるテレシネや、劣化フィルムの修復を手がけている吉岡映像さん提供のフィルムもある。吉岡映像は、その技術を使って、災害で水に浸かったフィルムの修復などもしている会社だと聞いて、衛星は感慨にふけった。

巡の淹れたコーヒーを片手に皆、口々に語り合っている。

「さすがに違いますね」

「あれはどこだった」

「ああ、田中さんのお店はもうなくなっちゃったなあ」

「なつかしいな　ここは変わらんなあ」

「おうちがふるい」

「年齢《とし》がばれる」

カタカタ、ジージー、キーキーと機械音と、お客さんの声が絡み合う。

「ぎりぎり入って」

向日《むこう》市在住で、鉄道のフィルムを大量に持っている下西さんの、旧型のパンタグラフの映像が映る。

「あのパンタグラフ、下手な人だと引っかからへんの、電車が停まってしまうの」と詳しいのは、嵐電の鈴木さんだ。長年、嵐電の歴史を見てきた人である。

巡は満足げに映写機の傍らで、みんなの嬉しそうな顔を眺めていた。

衛星だけが、映像を新鮮な思いで見ていた。映像とそれを見ている人を俯瞰して見ようと、ぐるりと店内を見渡した。車いすに乗った男性とその娘も、じーっとスクリーンを見つめていた。彼女と老人の思い出も、きっとこのフィルムの中にあるのだろう、と衛星は思った。

と、そのとき、車椅子に寄り添っている女性がフィルムの中に映った。恋人だろうか、年齢が近そうな青年と肩寄せあって楽しげに語り合っている。女性の顔や乗車している人の服装で、このフィルムは最近のものだとわかるが、粒子が荒いので古いものにも見える。

その後、子午線が撮影した映像が映った。なんで現像したフィルムだけ巡に届けて、上映会に来ないで帰ってしまったのだろう、と衛星は疑問に思ったが、それはやがてわかった。

電車も風景もその前の映像と比べると、やっぱりずいぶんと新しいなあ、と衛星が見ていると、発車する嵐電からパンして南天の顔が映った。あの日、南天が〈銀河〉に子午線を追いかけて来た日の映像だ。南天はホームを降りた脇で同級生たちとしゃべっている。カメラは南天の顔にズームする。南天はカメラを向けている子午線のほうを見ることはなかった。その表情は可愛く撮れているとか、どこか大人っぽく見えるとか、当事者以外の者からいくらでも言えるけれど、なんとも容易に言葉で表すことができない神聖なものに衛星には見えた。

映した人間の間と映された人間との間にしかない特別な時間。それをたまたま外部の人間が見たときに心が動かされる。子午線は、それを目の当たりにすることをおそれて上映会に来なかったのではないだろうか、と衛星は想像した。

その気持が衛星にはわかるような気がしたのだ。京都にひとりで来て過去の写真と見比べたとき、衛星は自分の映っている写真を正視できなかった。なぜなら、自分の顔を直視したくなかったから。

なぜ、衛星は京都に来たか。新著を書くためという目的は間違いではない。でも、それだけではなかった。

はたして衛星が書きたいものが、『電車の不思議話』という本なのだろうか。気づいたら、なんでも書くフリーライターになっていたが、かつては司馬遼太郎の『街道をゆく』だとか、沢木耕太郎の『深夜特急』のような紀行を書きたいと思っていたはずなのだ。宮本常一の『私の日本地図』だって家の本棚に全巻そろっている。嵐電について書くとなると、司馬遼の『嵯峨散歩』や宮本の『京都』のなかの「天竜寺」と「嵯峨野の寺」があり、なんだか恐れ多くなるのだった。

もともと遠く離れてはいたが、一ミリも近づくことすら、まったく違う道を歩んでいる。例えば、四条大宮の五差路で、京都では珍しい斜めの道路、後院通を選んでしまったようなものだ。そもそもの才能に目をつぶり、生まれた時代が悪かったのか、などと考える。そうしているうちに、もともと、ふらりと旅することが好きだった衛星の足は、鎌倉の自宅からどんどん遠ざかっていくのだった。その行為が顕著になったのは斗麻子と京都旅行をしたあとだ。

斗麻子は黙って、いつも衛星の帰りを待っていた。ただ、衛星がどこかに行って帰ってくるたび、庭に植物が増えていた。やがて食卓には、庭で育てた野菜やハーブ、デザートも枇杷や柿や柑橘類が食卓にずらりと並んだ。それを衛星は黙って食べた。美味しいはずなのに、なぜか味がわからなかった。さらに斗麻子は健康食の研究をはじめて、味噌や醤油の塩分をしきりに調べたりなどして記すブログをはじめ、それが意外と人気ブログに育っているらしかった。そのうちインスタグラムもはじめたらしい。

斗麻子は衛星にその手の話を具体的にはしなかった。そんな斗麻子への気持ちが変わったわけではなかったが、斗麻子が黙ってニコニコしている顔を見ると、目を反らしたくなるのだ。かといってなにか助言されたり、ましてや叱られたり同情的なことを言われるのも耐えられない。斗麻子は心得たもので、決してなにも言わなかった。

気がつくと映像が変わり、スクリーンに映ったのは斗麻子だった。

広隆寺の楼門を背景にして太秦広隆寺駅のホームに斗麻子は立っている。でもそれは、あの日の夜とは違って、昼間の映像だった。

「衛星さんは、どっか遠くへ行ってはるんやね」

「違う、側に居るんだよ。ただ、変わっちゃった」

衛星は穴の空くほど映像の斗麻子を見つめた。またすぐに映像が変わって、街の人たちの笑顔。結婚式の映像で泣いている両親の顔。お祭りの時の家族の映像。子供の運動会の映像等々がめくるめく続く。

子午線にとっての南天、肩寄せあった男女……それだけでなく、今晩ここに映っている何もかもが、映したものと映されたものの特別な時間を抱えている。あまりに、多くの大切な時間が、何本もの清流のようになって衛星の胸に流れ込んできた。

夢か幻か、衛星はいつの間にか斗麻子とふたりで狐と狸の嵐電に乗って、ぐるりとまわって、再び太秦広隆寺駅にたどり着いた。衛星は降りるが斗麻子は降りず、写真を一枚手渡した。

そのとき斗麻子の姿は衛星の亡くなった母に変わった。子供の頃、東急電鉄世田谷線の沿線に住んでいる叔父の家を訊ねたときだった。衛星は母とふたりで歩きながら、ぐるぐると同じ道を歩いていたことがある。空は薄曇りで道は細く、衛星は母の手を強く握った。

「お母さん、ここ、さっきも通ったよ」と思いきって言うと、母は立ち止まり、しばらく考えてから正気に戻った顔で、「きっと狐と狸に騙されたのね」と笑った。ざざざと大きな風がふき、頭上にあった雲が動き、陽光がさし、世田谷線の音がした。モノクロ、サイレントの世界からカラーで音のある世界に空間移動をしたように見えた。このへんは昔は山だったから、と母は言った。世田谷は道が入り組んでいて一方通行が多く、タクシー泣かせの街である。狐と狸のせいなのか、わからないが、薄暗い路地を、母と散歩のようなことをした記憶はそれくらいしかない。

もっと一緒に歩けばよかった、と母が亡くなってからときどき思うことがある。

母は衛星を残して嵐電に乗っていく。心配そうに、名残惜しそうにいつまでも窓から衛星を見ながら。

それから母親の顔は、また斗麻子に変わった。

「……待ってるよ」

笑顔の斗麻子の映像からすぐに別の映像に変わった。衛星は賑やかな観客の声の中、涙を抑えることが出来なかった。

上映会が終わって、みんなそれぞれの思いを胸に抱えながら帰って行った。衛星と山田だけ残り、後片付けを手伝って軽く乾杯した。こういうときも、巡の奥さんは来ないのだなと不思議に思っていると、ふらっと奥さんが迎えに来た。

奥さんは嵐山のほうで四柱推命をやっているそうだ。糸掛けまんだらのアクセサリーも作って販売しているそうで、奥さんにいかがと衛星に勧めた。ええ、はあ、と適度にあしらっているうちに、奥さんと巡は夫婦漫才のような会話をはじめた。

「かなわんわあ、さっき兎におうてもうた」

「ああ、火いつけてきた子」

「古傷が疼《うず》いてきたわ」

「ほんま、あんたが悪かったけど、勝手に人の旦那傷つけられたんは辛抱ならんわ」

「おお、なんか照れるわ」

「あんたをどついてええのは私だけやのに」

「やかましいわ」

その口調は夢に出てくる狐の車掌と狸の駅員によく似ていた。ふたりは丁々発止で語り合うと、仲良く連れ立って嵐電に乗って、蚕ノ社駅へと帰って行った。

衛星はなんだか可笑しくなって、ポケットから写真を取り出した。巡たちが乗っていった方向を背にして映った衛星の写真。すこし困ったように斗麻子のほうを見て笑っていた。

衛星はようやく自分の顔を見ることができた。

なんだか楽しそうですね、と山田が覗きこみ、それが衛星の写真であるとわかると、「自分の写真か?」と訝しげな顔をした。

衛星は、もういっぱい飲みにいかないか、と山田を誘って、彼が住んでいるという四条大宮まで嵐電で行った。細い路地裏の奥、数人座ればいっぱいになりそうなカウンターに並んで座り、酒を酌み交わす。お店でこんなふうにゆっくり食事をするのは、京都に来たばかりの日、西院に行って以来だった。衛星は、さっきの上映会を機に京都から鎌倉に帰る決意をして、これが最後の晩餐のつもりだった。

山田は阪急京都線の水無瀬《みなせ》の生まれだと言った。四条大宮は京都の西の玄関だから、大阪出身者が住みやすいのだという。京都に住みたいと部屋を探している人が年々増えると言いながら、安アパートに短期滞在して本を書く衛星の行いに興味を示し、おしゃれな新築物件をセカンドハウスにどうですか、と勧めた。それから衛星の左手の薬指の指輪を見て、衛星が巡に聞いたように、「失礼ですけど、お連れさんは」と訊ねた。

「妻がいましたけど、三年前に死にました」と衛星は言った。

眼の前で、交通事故。「行っちゃだめだ」と叫んだことを、いまでも思います。と衛星は呟いた。

みるみる山田の顔色が変わる。

「嘘、ですよ」と衛星は笑った。

言っていいことと悪いことがある、と山田は眉をしかめた。確かにお別れに言うにはブラック過ぎたか。

山田は、そろそろ結婚を考えている恋人がいるのだと言った。でも給料も安いし、決めかねているとと逡巡しているようなので、待たせてばかりじゃダメだよ、と衛星自身の経験を語り、なんとかなるよと、山田の肩を叩いた。

「本ができたら買いますよ」と山田は笑って、蛸薬師通《たこやくしどおり》のほうへ帰って行った。

**鎌倉**

ザァァザァァと寄せては返す波の音と、ガタンゴトンという江ノ電の音とが絡み合い、眠気が高まる。猫の額ほどの庭ながら日当たりはよく、手入れの行き届いた春の草花が風に揺れている。

ノートパソコンで原稿を書いていた衛星は、いつの間にかアウトドア用の椅子を傾けて深い眠りに落ちていた。

ブゥゥンと吊り掛け駆動音にも似た虫の羽音が耳のそばでして、目が覚めた。

庭の奥で、ガーデニング用のシューズを履いてエプロンをした斗麻子が、小さくしゃがんで花壇の草むしりをしていた。草を抜くたび青苦い香りが漂い、目覚めを促した。

衛星の視線を感じたからか、斗麻子が近くに寄って来て、椅子の横に猫のようにしゃがんだ。

「気持ち良さそうに寝てたね」

「うん。寝ちゃった」

「おかえり」

「ただいま」

「あっ、笑ってる顔、久々に見た」

「そうかな」

斗麻子は庭仕事の道具を片付け始めた。

「すぐに寒くなるよ、入ろう」

「うん」

斗麻子は庭に面したサッシを開けて、家の中に入った。

衛星は椅子に深く座り直し、庭を眺め、それから空を仰いだ。そそぐ光に、ひさしぶりで我が家に帰って来たことを感じた。

でも少し不安になって、そろりと家の中を振り返る。と、小走りで洗面所に手を洗いに向かう斗麻子の背中が見えた。

少し開いたままのサッシが電車のドアのように見えた。鼻先でぴしゃりと閉まって乗りそびれないように衛星は身を翻し、家の中へ入った。

ゴトンゴトンと江ノ電が走る音がかすかに聞こえる。

あれから、あの夢を見ることは、ない。

# 第三章　南天

## 修学旅行二日目 太秦広隆寺駅

「おお、広隆寺だ、着いたあ」

蛇塚古墳《へびづかこふん》から歩いて、ここまでたどり着いた。

「南天グッジョブ」と回帰がねぎらう。

京都の道は碁盤《ごばん》の目になっているから迷わないと思いきや、この辺りは斜めの道も多く、気づけば迷っていた。〃太秦面影町《おもかげちょう》〃というノスタルジックなところに入り込み、そこからいつも冷静な南天がこっちじゃないかと勘を効かせて、嵐電の太秦広隆寺駅までやって来ることができた。

ところが、これから目的の広隆寺というのに陽菜の気持ちは遠く〈嵐山モンキーパーク〉に向かっていた。

「猿を人間が檻のなかから見つめる、京都を見下ろす絶景ポイントを猿が闊歩しているんだって。おもしろぐね」

修学旅行のしおりを津軽なまりで読み上げた。

十二月初旬。秋の観光シーズンを避けた時期。弘前から青森空港に出て飛行機で大阪へ。大阪・京都への二泊三日の修学旅行、二日目。北角南天《きたかどなんてん》、柄本回帰《えもとかいき》、佐伯陽菜《さえきはるな》、栗田曜《くりたよう》、鳥羽勇人《とばはやと》のグループは京都の北西、嵐山と金閣寺方面をまわることになっていた。京都は見るべきものが多いので、何パターンかのコースに分けて、それぞれの班ごとにしおりをつくってタイムテーブルに沿って回るのだ。一日目は大阪を回り、二日目は朝から金閣寺や北野天満宮を見て、北野線で帷子ノ辻駅まで行き、近辺をまわってから広隆寺、そして太秦映画村に行く予定だ。

柄本回帰は、がたいは大きいが穏やかでほがらかな少年。佐伯陽菜はツインテールで、すこし幼さの残る女の子。栗田曜はさらさらのストレートヘアが似合う、恋とおしゃれのことで頭がいっぱいのお姉さんという感じ。鳥羽勇人はやや空気が読めず場違いな発言をしがちではあるが悪い人間ではない。南天はいかにも思春期まっさかりのなにごとも突き詰めて考える、太宰治の『女生徒』と『待つ』が好きな文学少女であった。

楼門へ渡る信号待ちをしていると、陽菜がまた声をあげた。

「あ、夕子さん電車」

嵐電の車体に、京都のお土産代表格・八ツ橋のメーカーの着物姿の女性キャラクターが描いてある「夕子さん電車」が、背後の三条通りを嵐山方面に通り過ぎて行った。

「なにそれ」と回帰。

「夕子さん電車ど一緒に映れば、そのカップルは結ばれるんだってよ」と陽菜。

「やった、いま偶然、後ろさ入った」

勇人を引っ張り、石段で仲良くツーショットの写メを撮っていた曜がはしゃいだ。

それを聞いて陽菜は、「えっ、ちょっと」と負けじと回帰を引き寄せて、自撮りをしようと、ケータイを掲げる。

南天は、首から下げた一眼レフのフィルムカメラ・ＮｉｋｏｎのＦＭ10をすばやく構え、回帰たち四人を撮った。

「ああ行っちゃった〜」

残念ながら間に合わず、「夕子さん電車」は急速に小さくなって、四人の背景はこれから向かう太秦広隆寺駅前の広隆寺の楼門とその前の三叉路になってしまった。だが南天は四人がちょっとがっかりしている表情が面白いと思った。現像するのが楽しみだ。デジタルではないので、すぐに見られない。この時差も南天は好きだった。修学旅行のために買って、操作を練習してきた。一眼レフ初心者には安価で使いやすいということで思いきって購入したのだ。

四人がわらわらしているところに、ブレザーの学生服を着た、南天と同じ年くらいの少年が乗ってきた自転車を降りて駐めた。南天は、その少年が手に持っているムービーカメラに目を止めた。古い8ミリカメラ。いまどきのカメラとは違って無骨なやつだ。

少年は修学旅行の一行に目もとめず、すいっと風のように嵐山行きのホームに上がると、くるりと振り返り、足をしっかり踏ん張ってカメラを構えた。

これからやってくる電車を待ち構えるその姿を見て、南天は息を呑んだ。それから自分の首から提がったカメラのレンズを左手で支えながら、そっと撫でた。南天のカメラも、いまどきのカジュアルなデジタルカメラと比べると、無骨である。肩が多少凝り、どうしても猫背というか猫首(首猫背)になってしまうけれど、それがいい。カメラの底に手を置いて、目線まで持ち上げ、手をそっとシャッターにもっていこうとしたとき、回帰の声がした。

「南天、行ぐべしー」

カメラは、ふっと重力で下がって、首にずしりと来た。

南天は目の前の8ミリ少年に後ろ髪を引かれながら、回帰たちを追いかけた。

修学旅行のルール〝つねに集団で行動すること。〟


広隆寺の弥勒菩薩は、正式名称を「木造弥勒菩薩半跏像《みろくぼさつはんかぞう》（宝冠弥勒）」という。〝赤松の一木造で高さ約八十四センチ。右足を左膝に乗せ、右手をそっと頬に当てて思索にふける半跏思惟像で微かに微笑んだ表情が美しい〟と修学旅行の栞に書いてあった。たぶん、どこかのコピペである。

すこしだけ顔を傾けて考えた瞬間を彫り上げた人はすごいと南天は感心した。いまならカメラでカシャッと一瞬で好きな顔を撮ることができる。だが、この時代の人は下絵を描いて、ただの木を掘っていく。気の遠くなる時間をかけて完成した表情が永遠に残る。この顔を彫った人はこの顔が好きだったのだろうし、好きの気持ちが未来永劫残るなんて、なんて素敵なことだろう。南天の顔は、いま見た弥勒菩薩のように思索めいた表情になった。

だが、彼女の心を一層捉えたのは「泣き弥勒」と言われるほうだった。もうひとつの国宝・弥勒菩薩半跏思惟像。「宝冠弥勒」とほぼ同じで高さ約九十センチ。樟《くすのき》の一木造り、漆箔。泣いているように見えるので「泣き弥勒」と呼ばれているというが、薄暗くてよく見えなかった。ネットで調べると写真が出て来た。どうして、こんなふうに口を硬く結んでいるのだろう。また、その唇の端を右手の指で抑えているところも気になる。口をさらに結ぼうとがんばっているのだろうか。なんにしても、人間の瞬間の微妙な表情をここまで明確に残す仕事は尊い。それも、ほかの仏像とはまるで違う表情のこれはすごい。南天は感心するばかりで、私もこのカメラでなんとかして素敵な表情を撮っていきたいと思った。修学旅行でまわるさまざまな神社仏閣の建物よりも、友達を撮りたい。それも、カメラ目線に決めたものではなく、意識しない動作と動作の間の表情を。時間が進むなかでこぼれ落ちてしまいそうな、儚《はかな》い瞬間を捕まえたいと南天は思った。だからこそのフィルムカメラ。デジタルだとどんどん撮れて、一瞬で鈍感になりそうだったから。フィルムカメラで心の動体視力を鍛えたいと思ったのだ。

広隆寺を出て映画村に向かった。太秦映画という撮影所に併設されている映画のテーマパークのようなところだ。実際に映画やテレビドラマを撮影しているオープンセットを見学することができて、アトラクションやイベントなども行われている。最近では特撮ヒーローものに関する施設やイベントもある。回帰と陽菜と勇人はさっそく浅葱《あさぎ》色の新選組ふうの羽織をお土産に買って羽織《はお》ってはしゃいでいる。南天は、みんなの写真を撮る。みんなもてんでにケータイで自撮りをしているが、ちゃんとしたカメラで撮った写真は特別感があるので撮って撮ってと南天にせがむ。とりわけ南天のカメラはフィルムカメラなので、よくわからないながら、良いもののように皆、思い込んでいた。だが南天は仲間を喜ばせようと思って撮っているつもりもないから、気が向いたときしか撮らない。「こころが動いたときだけ撮る」と気取っていたが、実のところ、マニュアルでピントや絞りを自分で操作しないとならないので時間がかかるのだ。

江戸の町並みを再現したオープンセットを回っていると、辻から武士が現れて斬り合いがはじまった。映画村に所属している俳優たちがいて、ショーに出たり、こういう見学者向けのパフォーマンスを披露《ひろう》したりする。彼らは、ときには映画やドラマのエキストラとして出演することもある。忍者のようなトリッキーなアクションが得意な人もいて、観客の目を楽しませていた。

　なにもかもが物珍しく、ふらふらと回っているうちに、五人は映画村の隣の撮影スタジオに迷い込んでしまった。そこではゾンビ映画の撮影がちょうど終わって、俳優や監督がスタジオから出ていくところだった。有名な合坂有亮と菊乃真紗代の姿に陽菜と曜は舞い上がっていた。もっとも菊乃はゾンビのメイクをして合坂は血まみれだったため、ちょっぴり不満も残った。唯一、顔が汚れていないのは白っぽいシャツを着たイケメン男子と、ウエイトレスの格好をした女の子ふたり。知らないだけで有名人だろうか、と南天をのぞく四人は目を皿のようにして見たが、誰だかわからなかった。まだほかにも有名人がいないだろうかと首をのばしながら、「おつかれさまでした」「おつかれさまでした」と見よう見まねで声をかけていると、修学旅行生が紛れ込んでいることに気づいたスタッフが、低姿勢で出ていくように告げる。五人は慌ててスタジオを出て、正規の見学者コースに戻った。


「嵐山のモンキーパークさ行きたがったたな」

江戸の町並みに戻った陽菜が口をとがらせた。

「ごめんね」と南天が頭を下げると、回帰がかばうように、

「映画村ど広隆寺で、渋く輝いだコースだったと思うばってな」と言い、

「弥勒菩薩像、こった」

有名な菩薩のポーズをしてみせた。

「いい顔してだ。顔が南天さ似でで」

それを傍らで聞いていた陽菜が「猿よっか菩薩だってが」とややトゲのある言い方をした。

南天はどきりとして、下げた頭をさらにまた下げた。それから、できるだけ自然を装って回帰と陽菜から離れた。セットとセットの間の道にある木製のベンチに、曜と勇人が肩寄あって座っていた。

「昨日、楽しかったなー」

「ねえ、南天。見んでー、勇人とＵＳＪで撮ったやづ」

陽はスマホの画面を見せた。

「えっ、昨日大阪さ行ったの」

「うん」

「えー。ごはん食べで、すぐ寝じゃってだ」

「うん、だって勇人と二人だけになりたがったんだもん」

「したらさ、陽菜も行きたがってで、陽菜が回帰ば誘ったら、南天だけ仲間はずれはまいねって、回帰は反対して、それでオラだちだけで行ってきたんだ」

「んだの」

するど、曜は「ちょっと余計なごと言わない」と勇人をはたいた。

ちらりと、いま来たルートの先を南天が見ると、陽菜と話していた回帰が気づいて、南天に目線を送って来た。たちまち陽菜は回帰のしぐさを気にかける。南天はまた、さりげなさを装いながら目をそらした。

曜はそれに気づいて、やや声を落とし気味に言った。

「南天、回帰さ行がないの。陽菜も諦め早ぐつぐど思うんだばって」

続けて勇人が「運命だば、そうすしかねべ」と言い、それがあまりに軽い言い方なので、曜は「ちょっと」と睨みつけた。

「ごめん、トイレ」

南天は小走りでその場を立ち去った。

回帰が自分のことを想ってくれていることは気づいていた。陽菜が回帰を好きなことも。別に陽菜に気を使っているわけではない。単に回帰への想いが強いほうが、回帰とつきあうべきだと思うだけだ。つまり、南天は回帰をいい友達だとは思うが、勇人の言った「運命」というものを彼には感じたことがなかった。

高校生活三年のおわりの修学旅行とは、勉学を修めるだけでなく、恋の最後から二番目のチャンスだ。ちなみに、最後のチャンスは卒業式である。だから修学旅行は、みんなそわそわ、ざわめいている。曜と勇人はすでに仲良くなっていて、この旅行がいっそうそれを高めるイベント。

そばにいると面倒くさくなるほど、あからさまにラブラブだ。回帰は南天となんとか距離を縮めようとしていて、陽菜は気が気でなく、南天に対して当たりがきつくなっていて、南天としてはそれも煩わしかった。

繰り返すが陽菜に気を使っているわけではない。彼女の牽制光線を塞ぐために、回帰とつきあってしまってもいいくらいだが、南天は戦国時代の、戦を防ぐための政略結婚のようにこの身を使いたくない。もっと自分自身が制御不可能のような気持ちを味わいたかった。弥勒菩薩の表情を止めようと一心不乱にノミをふるった匠のように。

彫った人のことを知らないけれど、南天は勝手にそう思い込んでいた。

映画村を出て、南天は小走りで、太秦広隆寺の駅に戻って来た。

いた……！

この胸のばくばくは、変わりそうな信号の横断歩道を走ってきたからか、それとも……。

ブレザーの制服にマフラーを巻いた高校生はまだ8ミリを構え、早口で熱っぽく語りながら、嵐電を撮っていた。

「一九九〇年から一九九六年の間に製造されたモボ621型625号。〝つながる〟〝広がる〟〝奏で合う〟。西院駅の記念ラッピング。漢字は同じだが、読み方が違う。阪急電鉄は〝さいいん〟と読み、嵐電は〝さい〟と読む」

南天は、ゆっくり一歩一歩前進し、首から提げた一眼レフのフィルムカメラを眼の前に構え、脇をぎゅっと締めて息をとめ、ファインダーをのぞき込んでじっと少年の背中を見つめた。

「おい8ミリ《ハチ》」

思い切って声をかけた。

少年が振り返る。その瞬間を撮った。少年は南天のぶしつけさが、さも不快という顔をした。

「8《ハチ》ミリは地元の人。学校さ行がねーの」

「行くよ」

「ねえ8《ハチ》ミリ、8《ハチ》ミリじゃ悪いがらさ、名前教えで」

「いやや」

少年は無視して、また背中を向けるとカメラを回し出した。カタカタカタカタと鳴るモーターの大きな音に負けないように南天は聞いた。

「電車が好ぎなの」

カタカタカタ……。

「私は、フィルムで電車とが撮るの好ぎ」

カタカタカタ……。

「ねえ」

「なに」

「運命って信じる」

思いきって言ってみると、少年はカメラを止めた。

「俺、電車だけやから。電車とかって、そんな適当やないから」

少年は怒ったように、南天に向かって歩いて来た。でも視線は南天を超えたところにあって、彼女と話す気がないのが伝わってくる。南天は通せんぼしようとしたが、軽くディフェンスを縫われた。少年は早足にホームを降りた端に停めていた自転車に乗って、どこへともなく行ってしまった。


さっきすれ違って、戻って来たら、まだいた。これこそ「運命」だと南天は思った。だから思いきって声をかけた。でも少年は名前も告げずに行ってしまった。運命ではなかったのだろうか、と肩を落としていると、ホームのベンチに座ったおじさんが、やさしそうな丸い目でこちらを見て、うんうんと頷いていた。この、うんうんは、「NO運命じゃないよ、諦めな」なのか、それとも「GO　運命だよ」なのか。

そこへ「南天、どこさいるの」と探す声がした。

曜の声だ。映画村からふいにいなくなった南天を心配して、四人がここまで探しに来たのだ。
見ればケータイに四人からそれぞれ何度も着信が入っていた。

## 修学旅行最終日 太秦広隆寺駅

二泊三日はあっという間だ。明日の帰途を前に、夜のホテルで女子生徒たちは皆、あそこの神社が恋愛に御利益があるらしいと、購入してきたお守りや、さっそく待ち受けにした神社や御神木の写真など見せ合うなど、しきりに情報交換をしていた。嵐山によく当たる占い師がいて、お守りになるアクセサリーも販売していると盛り上がった。受験に御利益がある神社の話も出てきて良さそうなものだが、意外とみんなのんきだ。おそらく受験を気にする子たちはこの会話に加わっていないのだ。

南天のカメラはフィルムなので現像するまで見ることができない。五十代の先生に聞くと、昔は、そここにDPEショップがあって、一時間で仕上げてくれるサービスがあったのだという。南天は、運命の少年の振り返った顔を確かめたくて、カメラショップで現像を頼もうかと思ったが、それよりも修学旅行最終日、もう一度運試しをすることにした。

翌朝、ひとりで太秦広隆寺駅までやって来て待っていると、
来た……！

8《ハチ》ミリだ。

今日の彼は、出会ったときとは反対側の四条大宮行きのホームに佇み、8ミリカメラを構えていた。迷わず「8《ハチ》ミリ！」と声をかけた。だが、子午線は南天のことを一瞥しただけだ。しつこくまとわりつき名前を教えろとせがんだすえ、ようやく名前を聞き出すことに成功した。

有村子午線は南天を避けて、嵐山行きのホームに駆け出していった。南天は脱兎のごとく追いかけた。

「有村子午線、学校行けや」

「関係ないやろ。なんやお前」

子午線はホーム内にあるカフェと雑貨の店に逃げ込んだ。引き戸を閉めようとするので、力づくで開けて、なかに押し入った。

中には店主らしき人と客、ふたりのおじさんがいて、何事かと手をとめて南天と子

午線を見た。

「狐と狸に会ってまうで」

「エセ関西弁、やめてくれへん」

すったもんだしていると、ブルーのダウンジャケットを着たおじさん、以後〝青い人〟と呼ぶ、が「狐と狸って」と興味深そうに寄って来た。やさしい丸い目に印象があって、昨日もこの駅にいた人だ、と南天は気づいた。

まあまあ座ってお茶でもというふうな動作をするので、南天は店の中央にある丸テーブルに座った。子午線もあきらめたように座った。

「修学旅行で、好きな人ど〝夕子さん電車〟の写真を撮るど、結ばれるって言われでるんで反対反対に、狐と狸の電車ってのがあって、それに遇った人は大事な人と別れてしまうらしいです」

南天は昨夜、女子たちが語っていた話をした。〝夕子さん電車〟の話はさほど心をくすぐらなかったが、狐と狸の話はなんとなく印象に残っていた。

手帳にメモをとっていた〝青い人〟も、狐と狸の話に興味があるようで、手を止めて丸い目でじいっと南天を見つめた。

「誰か見たことあるって人いるのかな」

「都市伝説ですよ」

子午線はいじわるそうな顔で言いながら、南天を避けるようにカウンターに移動した。

「お前ひつこいから狐と狸、見に行こーや」

テーブルはおじさんと南天のふたりになった。

「今まで別れちゃった人って知ってる？」

〝青い人〟の問いを「さあ」とかわして、ふとホームのほうを見ると、回帰がガラスドアにべたりと張り付いて、南天を心配そうに見ていた。

南天を心配して来たのは回帰だけではない。陽菜、曜、勇人とグループ全員勢揃いで、重々しい足取りで店に入って来た。

「もう空港さ行ぐ出発時間だがら、ホテルさ戻るべ」

回帰が眉を八の字にして言った。

南天が目を反らしていると、曜がコートのポケットに手をつっこんで、凄むように子午線に詰め寄った。

「あなたのしてるごとは犯罪です」

　南天は慌てて立ち上がった。

「違うの。あだしは子午線に会って運命を感じだの」

「運命だば、しかだねな」

　勇人が腕組みをして頷くと、曜が眉を釣り上げ激しくどついた。

「俺は感じてへん」

　子午線は間髪入れず、否定した。

　それでも南天は諦めきれず。

「あだしは彼どいたい」

　店内がしーんっと静まり返った。それから、回帰が困ったような、すこし悲しそうな顔で聞いた。

「なにが南天ば、そったら風に思わせでしまったがを教えでけろ」

「そったごとじゃないのよ」

「へば、帰るべ」

　今度は陽菜が顔をこわばらせて言った。

「あだしだちが嫌いだば嫌いって言っていいよ。したばって連帯責任なんだはんで、一緒に怒られるの辛いでば」

　この子は何を言い出すのか……南天は唖然となった。回帰が自分に振り向かないことを気にしているのは陽菜ではないか。それを、この場で南天が集団行動を乱しているという一点において責めてくるとは……。ただ確かに、集団行動を乱しているのは自分であるという自覚はあった。それと回帰の好意に対して曖昧にしていることがいいことではないことも。

「ごめんなさい。有村が学校さ行ぐんだば、あだしも帰る」

「関係ないやん」

　南天の言い訳に、当然ながら子午線がツッコミを入れた。

「南天。南天のごとを心底心配して、南天どずっと一緒にいだいって思ってる人がいだら、どせばいいんだ」

　回帰は南天をまっすぐ見つめたが、南天はその誠実さに返す言葉がみつからない。陽菜のねとっとした視線も気になった。曜と勇人は困り果てている。と、そこへ、

「みんな、コーヒー飲まへんか」と店主が言った。

南天はもうどうとでもなれという気持ちで、

「好ぎにすればいいど思う」と回帰に返した。

子午線は南天と回帰を交互に見て言った。

「そやから、俺も好きにしてええやんか。誰にも人の事とやかく言う権利ない」

子午線はこの状況を誤解した、と南天は残念に思った。

そう、どうにでもなるし、どうにもならない。運命と思ったけれど勘違いだった。運命のシャッターチャンスはそんなに簡単に訪れない。例えば風景写真を撮る人は、何日も何日も同じ場所に足を運んで撮るというではないか。

「有村子午線、へばね」

懸命に笑顔を作って別れの挨拶をした。

「おお」と子午線はホッとしたような拍子抜けしたような顔をした。

南天は吹っ切るように大きく手を振り、急いで店を出た。仲間四人はほっと胸をなで下ろし、南天と並んでホームを下った。時間がないからタクシーで京都駅まで行くことにした。ちょうどそこへレトロ列車と呼ばれるチョコレート色で金の縁取りのある嵐電がホームに滑り込んで来た。子午線があとを追うように店を出て来てカメラを回していたが、南天はそのレンズが自分に向いているとは気づいていなかった。「へばね」と言ったからには、運命の間違いは京都に置いていこうと思ったのだ。

## 常盤駅

浮かれ気分の修学旅行のあとは現実しかない。みな、受験に向けて最後の仕上げに入った。弘前に戻ってから、南天はフィルムを現像した。神社仏閣、回帰、陽菜、曜、勇人、ほかのクラスメイトの姿のほかに一枚、子午線が振り返った瞬間の顔が写っていた。はじめて目が合った瞬間の顔。それを見ていたら受験勉強など手に付かない。矢も盾もたまらず、南天は小遣いをおろして京都に向かった。さすがに飛行機は高いので、節約して弘前から新青森に出てはやぶさに乗って東京、それからのぞみで京都へ。弘前から京都は遠い。

京都からＪＲ嵯峨野線に乗って太秦まで行き、嵐電の撮影所前駅まで歩き、北野線に乗った。子午線の写真から制服をネットで検索し、高校を探し当てたのだ。それは北野線の常盤駅のそばにあった。

放課後、こっそり校舎に入って生徒に有村子午線は何組かと訊ねた。そこではじめてわかったことは、子午線は南天と同じ三年生だった。やっぱり「運命」だと思った。

学校に行かず電車を撮っていた子午線を、学校で待ち伏せて出会えるものかわからなかったが、

「運命」であれば会えると根拠のない自信があった。

修学旅行から帰ってから回帰にははっきり、期待しないでほしいと伝えた。

南天は、首からお守りのようにカメラを提げて、左手でレンズを支えながらそっと撫でていると、
来た……！

心臓が激しく高鳴った。子午線が教室にやって来る姿を見て、生まれてから十七年分の運勢を使い切ったような、人生の頂点のような気がした。南天はすばやく机の下に潜って隠れた。

子午線は南天に気づかず、校舎のベランダに出た。どうやらここでも嵐電を見ているようだ。ガタンゴトンとかすかに音が聞こえた。そこへ同級生らしき少年がやって来て、ふたりは二言三言、会話を交わした。

「久しぶりやん　まだ嵐電撮ってるの」

「まだやない、いまもや」

「おれな、彼女できたんや」

「ふーん」

「じゃあ。おれ急いでるし、またな」

同級生らしき少年は出ていって、子午線も教室の中に戻った。南天はそろりそろりと机の下から這い出して、シャッターを切った。

びくりと子午線が南天を見た。

「何してんの。修学旅行とっくに終わってるやろ」

「転校してきてん」

「エセ関西弁やめろてゆーてるやん」

そう言いながら、子午線は間を空けて「うそやろ」と目を剥いた。

南天は笑った。

「うそ、家出」

「めちゃ悪いやん」

「だって、会いたがったんだもん」

「おかしい。へんやなおれ、アレ見たで」

アレとは狐と狸の列車のことだ。

「乗った?」

「乗ってへん」

南天はおそるおそる聞いた。

「やっぱりただの都市伝説だよ」

「ちがう。俺、あんたのこと好きちゃうからや」

「どういう話よ」

「相思相愛の二人がいるとしてー、ふっと消える。大事な時間がなぜか、どっかに消えんねん」

子午線は不機嫌そうな顔で歩幅を大きくして教室を出て、そのまま校舎からも歩いていく。南天はそれを小走りで追いかけた。校庭では子午線の同級生の女子生徒たちが掃除をしていて、口々に「有村子午線」と驚きの声をあげた。

子午線は女子高生たちの視線を避けるように、南天の追跡を振り払うように、できるだけ早足で嵐電の線路沿いの道を歩いて進んでいく。ふたりの脇を、「夕子さん電車」が走り抜けて行った。

子午線は南天を振り返り、突き放すように言った。

「鉄オタは女の子好きになったらあかんねん」

そのときの子午線の顔が、南天には「泣き弥勒」のように見えた。口を硬く結んで、三本の指でなにか溢れてくるものを必死にこらえている。そこに惹かれる一方で、そんな自分を律しなくてもいいではないかと思って、

「知らない」と突き放した。

「あんたもてるやろ」

子午線は上目遣いで南天を見た。やっぱりあの日、ホームの中のカフェで回帰とのことを誤解したのだと南天は感じた。

だが、もてるとかもてないとか関係ない。好きでない人にもてても仕方ない。南天は子午線を追いかけた。

子午線は桜並木になった線路の脇、古いアパートのガレージに駆け込んだ。そこは

行き止まりで、南天は子午線ににじり寄った。

「あだしが好ぎなのは子午線だけだ。子午線が見でるってだけで、嵐電がキラキラして見えだんだよ。あだし勝手に嵐電にやぎもぢ妬いだ」

「変や」

「変やない、恋や」

そこへまた嵐電が走って行く。

「あだしは、恋しいんだよ。でもそっちに受げ止めるつもりがない場合、これはたんだの、一方的な病でしかなぐなる。わがっていますそのぐらい。したばって、うぬぼれでいないし一人で狂ってるわげでもないごとはわがってる」

「おれやってうぬぼれてへんわ」

「あんつかは、うぬぼれろよ。あだしが好ぎだっていってらんだがら」

「うぬぼれてるやん」

「子午線。あだしも子午線も、ありそうに見えで、時間が全然ないんだよ」

南天は子午線の腕を強く掴み、子午線は覚悟したように南天を見つめた。

「どうなってもしらへんで」

南天の手を掴み返し、ぐいっと引っ張ると子午線は走り出した。

常盤駅から鳴滝、双が丘の脇を通ってＪＲ花園駅まで行き、そこから太秦広隆寺へ――。じょじょに減速して歩いたり、また走り出したり。西の空はだんだんと赤く染まり、山が燃えるように見える。それがじょじょに藍色に変わり、電気を消すようにふっと暗くなった。

## 太秦広隆寺駅

夢中で歩きまわって、広隆寺の楼門の三叉路の信号を越えて、太秦広隆寺駅、嵐山行きのホームに転げ込んだ。ポツンポツンと灯りがついているだけで人影もない。

「どうしよう。南天が好きになっちゃった」

「あだしも好ぎだ」

「でも、きっといつか終わるで」

「忘れでしまうのがな」

熱くなったり冷静になったり、ふたりの心は定まらない。思いはその場に定着することなく、電車のように前に進んでいく。いまこの瞬間、瞬間を、すべて収めておけたらいいのに。だが、南天のカメラはフィルムがなくなり、子午線はなぜか今日に限ってカメラを持っていなかった。

途方に暮れていると、カンカンカンと踏切の降りる音がして、ガタンゴトンガタンシュウウウウという音とともに、ヘッドライトを光らせて、京紫色の嵐電が入って来た。

「南天、見たらあかん」

咄嗟に子午線は南天の肩を抱き、何かからかばうようにしゃがませた。

「見たらあかん」

もう一度繰り返す。電車のなかに、狐の車掌がいることに気づいたのだ。コンチキチンという音楽が流れ、ドアが開いた。

無人かと思うと、男女ふたりの乗客が立ち上がってドアまでやって来た。ひとりは南天に狐と狸の電車について訊ねた青いダウンジャケットの男、もうひとりは杖をついた女性だ。

カチカチという音が聞こえて、路地から狸の車掌が改札鋏をリズミカルに鳴らしながらやって来た。

「間もなく電車が発車します。行き先は……」

狸が言うと、狐の車掌が続ける。

「この電車に乗れば、どこまでだって行けますよ」

ダウンジャケットの男はホームに降りた。杖をついた女はそのまま電車に残り、男に写真を一枚渡すと電車の奥に戻り、ホーム側の席について男を名残惜しげに見つめた。

狐と狸は話しだした。

「私は幸せもんやなあと思うねん」

「どうしたん、急に」

「あんたはいつも私のこと考えてくれてるやん」

「そんなん、夫婦やねんから当たり前やん」

「私は私のことしか考えてへんねんけどな」

「嘘やん」

「嘘やで」

背後で何が起こっているか、南天には声しか聞こえない。子午線が必死に南天に覆いかぶさっているからだ。ふたりが、じっとしゃがんで電車に背を向けていると、シュウウとドアが閉まり、ガタンゴトンと電車が動き出した。

男は写真を一枚手にしてホームに立ち尽くしたままだ。まるで凍りついているように南天には見えた。

子午線は南天の手を強く引いて男を通り過ぎ、そのままホームを降りて反対側の電車に乗った。

四条大宮で降りると線路はそこで終わっていた。ここは始発であり終着駅だから。南天と子午線は不安げに辺りを見回すが、手をつないで改札を駆け抜けた。

五叉路の一番大きな通り、京都の東西を突っ切る四条通りを東に向かった。四条堀川の交差点を過ぎ、烏丸通りまで走ったり歩いたり。右に曲がって京都駅方面へと向った。南へ行くことを京都では「下ル」と言うのだと子午線が教えてくれた。下って下って……。

やがて、右手に東本願寺が見えて来た。そこまで来るともう京都タワーが巨大である。それはピンク色にキラキラと輝いていた。

これは運命なのか、それとも大いなる勘違いなのか。南天にとってはもうどちらでも良かった。

# 第四章　子午線

## 常盤駅

　アキユキと子午線が友達になったきっかけはカメラだった。高校二年生のとき奈良から京都市の右京区、嵯峨野《さがの》高校に転校してきたアキユキは、内向的でクラスになかなか溶け込めなかったが、あるときアキユキが持っていたカメラに子午線が興味をもって近づいた。その頃、子午線はまだフィルムカメラを使っておらず、ふつうに父親からもらったムービーカメラで身の回りのものを撮っていた。そのとき近所を通る嵐電も撮ってはいたものの、鉄オタほどのこだわりがあったわけではない。春は近所の桜のトンネルをくぐる嵐電を撮ったり、ラッピング電車の新しいものが通ると撮ったりして、ほかには京都らしい祇園祭や時代祭、五山の送り火などをユーチューブにアップしては、閲覧者がすこし増えると承認欲求が満たされるという、そんな程度だった。

　アキユキはフジカシングル8を持っていて、それを使ってクレイアニメを作っていた。粘土細工の人形をちょっとずつ、ちょっとずつ動かして撮影する、気の遠くなる作業を続けてようやく五分くらいのアニメ映画ができる。パソコンで計算して絵を動かすことが簡単な時代に、子午線はアキユキに尊敬の念を覚えた。それで固い友情を誓ったのだが、三年になるとアキユキは自分の才能にそうそうに見切りをつけて映像制作をやめてしまった。その頃からアキユキは、いわゆる洒落っ気が出始めて、クラスのイケてる子たちとつるむようになっていた。子午線は取り残されたような気がした。もともとひとりが好きだったのに、ふたりでいることが長いと、ひとりになったとき絶望的な孤独だった。でも、それを誰かに気取られることもいやで、思案した結果、夏休みの終わり、フジカシングル8を購入した。アキユキに対抗してコダックのスーパー8にしようかとも思ったが、結局フジフィルムのシングル8に決めた。そして撮り始めたのは嵐電だった。

## 太秦広隆寺駅

昼休み、常盤駅から自転車で嵐電沿いを走り、三条通りを出て太秦広隆寺駅につくと、修学旅行の栞を眺める高校生のグループがいた。固まって道を塞いでいて彼らの脇に自転車を停めると、スロープを走って嵐山行きホームに上がる。途中、赤いマフラーをしたセーラー服の高校生がカメラを構えていた。自転車を停めたところにたむろっているグループの仲間であろう。邪魔だが、肩をぶつけないように気を使って走った。

自転車で三条通りを走るとき、モボ631号、632、633号車、通称「井筒八ッ橋の夕子ちゃん号」というラッピング電車とすれ違った。慌ててホームに走ったが、後ろ姿を撮ることも間に合わなかった。夕子ちゃんの目が特徴的なので、それを正面から押さえたいのだが、まだ成功していなかった。

嵐電は、現在二十八輌が稼働している。そのすべてを撮ることを、卒業制作にしようと子午線は思っていた。別に部活をやっているわけでもないし、学校側から卒業制作を課されているわけでもない。ただ、自分に課しているだけ。帰宅部の卒業制作だ。それよりも受験勉強しろ、という話だが、それはそれ、これはこれ。子午線は進学校に行くつもりもなかった。

二十八輌といったって、それが各々二十二駅を背景にしたら、何通りにもなるし、二十八輌の車輌をいろいろなシチュエーションで、このシングル8で撮って残したいと思った。

子午線の父親が生まれた一九六五年(昭和四〇年)に開発されたシングル8はもう製造されていない。子午線の父親はまだまだ現役というか、年金支給が伸びそうで、いつまで働いたらいいのかとぶつくさ言っているくらいであるが、シングル8は中古販売のみ。しかも、安い。数千円で買える。子午線はヤフオクで手に入れた。ただ、フィルムも数千円だし現像できるところも関西に一箇所しかなく、手がかかる。それでもこのややおもちゃのようにも見えないこともないカクカクとしたフォルム、持ち手のグリップの太さの安定感、カタカタいう大きい機械音が、使うほどに愛着が湧いていた。なんとなく嵐電と似ているような気もして。

十分ほどして電車がやって来た。茶色の電車だ。

「モボ21形、26号車、レトロ調車輌。レトロというけど、一九九四年製」

そう言ってカメラを回していると、ファインダーが一面、ブルーになった。

「すいません」

ブルーのダウンジャケットとアウトドア用の大きなリュックを背負ったおじさんが、慌てて身を翻した。

子午線は不機嫌になって、カメラを止めた。

「それは8ミリフィルム？」とおじさんは興味を示した。

「まあ」

「へぇー、懐かしいね」

「まあ」

子午線はカメラをおじさんから隠すように、そそくさと肩から斜めがけした布製のカバンにしまった。会話の緒を断ち切りたかったのだ。観光客にカメラを理由に話しかけられることは頻繁にあるが、気さくに話ができるのであれば、カメラなんか回していない。

おじさんは子午線の父親より、すこし若そうに見えた。この同録できるシングル8が73年生まれだから、それくらいかもしれないと、子午線は咄嗟に想像した。まあ、どうでもいい。今日はなにかとタイミングが悪い。一旦場所を変えようとホームを降り、自転車に乗った。

蚕ノ社、嵐電天神川駅などをまわり、もう一度、太秦広隆寺駅に戻ってみた。ブルーのダウンのおじさんはまだいて、ホームの喫茶と雑貨の店の前の木のベンチに座っていた。めんどうくさいなと、引き返そうかと思ったが先程のムードからしたら、グイグイ来るタイプではないと思うので、気にせず撮影を続けることにした。

「一九九〇年から一九九六年の間に製造されたモボ621型625号。〝つながる〟〝広がる〟〝奏で合う〟。西院駅の記念ラッピング。漢字は同じだが読み方が違う。阪急電鉄は〝さいいん〟と読み、嵐電は〝さい〟と読む」

しゃがんですこし、低いアングルから撮る。一通り二十八輛を撮影しているので、それぞれの車輌の特徴は記憶していた。


カラカラとカメラを回していると、後から声がした。

「おい8《ハチ》ミリ」

東北なまりの女の子の声だ。つい振り返ると、カシャッとシャッターを切る音がした。自分でカメラを回すのは好きだが、撮られることは好きではなかった。自分の顔が好きではないからだ。写真を撮ったのは、さっきいた修学旅行生のひとりだった。セーラー服に赤いマフラー、ショートカットで頬はほんのり赤かった。林檎のようなほっぺたというのはこういうのを言うのだろうかと子午線は思った。

「8《ハチ》ミリは地元の人。学校さ行がねーの」

し出した。

「いやや」

やばい。へんなやつは無視するしかない。子午線は少女から背を向け、カメラを回
まだ、電車は来る気配がないが、撮っているふりをした。

「電車が好きなの」

うるさい。無視だ、無視。

「私は、フィルムで電車とが撮るの好ぎ」

信じられない。カチンとなった。

「ねえ」

「なに」

「運命って信じる」

なんだそれ。キモい。子午線は、耐えきれず、立ち上がった。

「俺、電車だけやから。電車とかって、そんな適当やないから」

「ねえ8《ハチ》ミリ、8《ハチ》ミリじゃ悪いがらさ、名前教えで」

「行くよ」

きっぱり言ってやった。こいつ、フィルムカメラなんかこれみよがしに首から下げて、「あたし、ちょっと違う」というふうを気取っているだけに違いない。フィルムカメラの無駄遣いと怒りがこみあげてくる。第一、仲間の女の子はセーラー服にコートを着ていたのに、こいつだけ着ていない。セーラー服にフィルムカメラ。絶対、意識している。短い間に、それだけの情報量を子午線は頭のなかで処理していた。すべてがマイナスポイントである。そして、少女が通せんぼするのをわざと大きな歩幅で越えると、さっき、この子の仲間がいたあたりに置いた自転車に乗った。

太秦広隆寺駅、今日は鬼門だった。そう思った子午線は、帰りは御室仁和寺近くの小さな稲荷、双和郷《そうわごう》稲荷に立ち寄ってお参りしておいた。

「この社は溝口健二監督が「映画界の発展のため」建立したと伝えられている。」

子午線はカメラを構えたときのナレーション口調でつぶやいた。

## 再び、太秦広隆寺駅

それでも翌日、子午線は太秦広隆寺駅にやって来た。

「モボ101形、104号車、通称マルダイ。一九七五年から働いている嵐電界の超ベテラン」

繰り返し撮っているので、電車が視野に入ると反射的に体が動く。

だが、

「昨日撮ったからいいや」

シチュエーション、アングル的にも昨日と同じだった。

「今日も撮影」

声をかけられて、見ると、青いダウンジャケットのおじさんが同じベンチに今日も座っていた。

「ちょっと聞いていいですか」

「何」

「いっこまえの電車って、何でした」

「嵐電ってどれも一緒じゃないの」

「え、全然ちゃうよ」

「あ、そうなんだ」

これだからシロートはと、子午線は心のなかで舌打ちした。

「作られた時代で型が何種類もあって、同じ型でも色違い、宣伝広告のラッピングとかで変わるし」

「え、じゃ次に来るやつとかわかるの」

「毎日車輌の運行シフトが変わるからわかんないです。鉄ちゃんで毎日、シフトをSNSに書く人もいるけど」

「それ見たりとかするの」

「僕は驚きたいから見ないです」

「いいねその考え方、本気だね」

そう言われて、子午線はちょっとうれしくなった。このおじさんは悪い人ではなさそうだとすこしだけ心の引き戸を開けた。そのとき、おじさんの背後の店のガラス戸の向こうから、店主らしきおじさんがじろりと見ていることに気づいた。おじさん、そのベンチ、お店のだよ……と注意すべきか迷っていると、

「ねえ、嵐電の不思議な話、何か知らない」

おじさんが聞いた。と同時に、「あの」と中から店主が出て来た。

「よかったら美味しいコーヒーで温まりませんか」

「なら、次に来るやつの色を当てたほうが、コーヒーおごるってどうだい」

え、おじさんがおごってくれるんじゃないの。大人なのに。子午線は空いた口が塞がらない。もしや、中年ニート？

「じゃあ、僕、京紫がいいです」

「京紫」

「しば漬けみたいな色した電車」

「じゃあ僕は、別の色がいいな」

それから、おじさんは店主に「すみませんコーヒー二つ」と頼んだ。

「おおきに」

店主はホッとしたように言った。それから子午線のカメラを見て「懐かしいの持ってるなあ」と手を伸ばした。うっかり落とされてはかなわない。子午線はすばやく奪い返し、肩にかけた布製のかばんにしまった。危ない、危ない。

そこへ電車の近づく音が聞こえてきた。京紫だった。モボ101形101号。旧型の車体だ。

「おじさんのおごりですよ」

おじさんがどういう顔をするか気になったが、上り車線に入って来たグリーンとベージュの車体に目を奪われていた。

「これ見た事ある」

「江ノ電号」である。

「江ノ電って知ってる？」

「もちろん知ってます。江ノ島電鉄。この、モボ611型の631号車は、江ノ電号って言って、二〇一三年に江ノ電と姉妹提携した時に、江ノ電カラーのベージュと緑にした。です」

「一台しかないの」

「一台しかないす」

「江ノ電号かぁ」

　おじさんは、親しみを込めてその名を呼んだ。


　しょっちゅう太秦広隆寺駅に来ているにもかかわらず、子午線はこの店〈銀河〉にはじめて入った。店主のおじさんの顔もはじめて見た。店には8ミリの映写機が飾ってあった。

　ちょっと気取ってミルクも砂糖も拒んだ。苦かった。

おじさんの名前は平岡衛星。東京で雑誌や本のライターをやっていると子午線に名刺をくれた。生まれてはじめてもらった名刺。それから衛星は、著書『電車の不思議話　関東編』という本を見せた。〈銀河〉の店主のほうが興味深そうに、その本を手にとり、ページをめくっていた。関東だったら路面電車、都電荒川線があることを子午線は知っていた。

衛星は聞き上手で、人見知りの子午線も話やすくはあったが、表面的なところで留め置いた。ただ、嘘は言わない。相手を喜ばすような作り話をするほど器用ではなく、自分の知っていること考えていることしか言えない性分だ。逆に、相手の話を額面通りに受け取ってしまってあとでがっかりするようなことも多い。

だから嵐電の不思議な話はないかと聞かれても、おもしろい話はできなかった。

## 三度、太秦広隆寺駅

なぜ毎日、太秦広隆寺駅に足が向くのか。しかも学校までサボって。子午線はよくわからなかった。そもそも学校にもあまり行きたくなくなっていて、嵐電撮影に精を出してはいたけれど、毎日、太秦広隆寺に行く必要はなかった。

四条大宮行きのホームに佇んで、8ミリカメラを構えていると、「8《ハヂ》ミリ！」と声がした。反対側の下りホームから例のセーラー服が、顔を真っ赤にして手を振っている。まったく恥ずかしい。セーラー服は、上りのホームに子犬のように駆けて来て、自分は「北角南天」という、名前を教えろとしつこい。面倒くさいので、「有村子午線」と名乗った。

すると今度は、なんで学校に行かないのかとしつこい。「うるさい」とは「五月蝿い」と書くが、この字がこれほどぴったりに思えたこともなかった。

避けて、下りのホームに移動すると、

「有村子午線、学校行けや」と追いかけて来た。

「関係ないやろ。なんやお前」

思わず助けを求めて、〈銀河〉に入った。地元民の憩いの場所だから、もう追いかけてこないかと思ったら、ずいずい入って来た。

「狐と狸に遇ってまうで」

「エセ関西弁、やめてくれへん」

フィルムカメラにエセ関西弁。もうほんとに勘弁してほしい。やたらと赤い頬もなにか媚びているみたいに見えて煩わしい。

衛星が「狐と狸って」と興味深そうに寄って来た。南天は図々しく席についた。

「修学旅行で、好きな人ど夕子さん電車の写真を撮るど、結ばれるって言われでるんです。反対に、狐と狸の電車ってのがあって、それに遇った人は、大事な人と別れてしまうらしいです」

「誰か見たことあるって人いるのかな」

「都市伝説ですよ」

良いことを聞いた。子午線は意地悪を言って、カウンターに席を移った。

「お前ひっこいから狐と狸、見に行こーや」

だが、南天はスルー。

「今まで別れちゃった人って知ってる？」

「さあ」

衛星は話に食いついているようだし、子午線は、なんだかなあ……と白けた気分になって、カメラを手持ち無沙汰にいじった。すると、横のガラスドアにべたりと張り付いている学ランがいた。視線は南天のほうに向いている。子午線と目が合い、うっすらながら敵対する光線を放ちながら店に入って来た。

「もう空港さ行ぐ出発時間だがら、ホテルさ戻るべ」

そこへ、女の子がふたりと、ひとりの男の子が入って来た。セーラー服にコートをはおったストレートロングの女の子がつかつかと子午線の前に歩みより、責めるように言った。

「あなたのしてることは犯罪です」

子午線は目をしばたかせた。南天もたいがいだが、こいつもおかしい。

すると南天は慌てて立ち上がった。

「違うの。あだしは子午線に会って、運命を感じだの」

「運命だば、しかだねな」

もうひとりの痩せっぽちの男子が言う。なんなんだ。なぜ、勝手に話を進める。子午線はいやになって「俺は感じてへん」と吐き出すように言った。

「あだしは彼どいたい」

「なにが南天ば、そったら風に思わせでしまったがを教えでけろ」

子午線にライバル視線を送った男子は必死だ。

「そったごとじゃないのよ」

「へば、帰るべ」

「あだしだちが嫌いだば嫌いって言っていいよ。したばって連帯責任なんだはんで、一緒に怒られるの辛いでば」

今度はツインテールの女の子が怒った顔をした。なんなんだ、演劇部の練習か。子午線はこころのなかで頭を抱えた。

「ごめんなさい。有村が学校さ行ぐんだば、あだしも帰る」

「関係ないやん」

「南天。南天のごとを心底心配して、南天どずっと一緒にいだいって思ってる人がいだら、どせばいいんだ」

子午線に敵対心を見せた男子は、どうやらそうとう南天が好きらしい。……あの女(南天)はとんだ食わせ物で、子午線を旅のついでにからかっているにちがいない。なんなら、この男子もグルになって。修学旅行だからって羽目を外して恋愛ごっこを楽しんでいるのだ、きっとと子午線は忌々《まがまが》しい気分になった。どんなに子午線を南天が追いかけたって、旅行が終われば地元に帰っていくのだ。こんなとき、子午線は感情が昂ぶるというよりは冷めてしまう。関わりを断ち切ってしまうのだ。

アキユキに対してもそうだった。

アキユキとは夏休みに一緒に映画をつくろうと春休みから脚本づくりに励んでいたが、意見が合わず空中分解してしまった。もっと言いたいことをたくさん言い合えばよかったとも思うが、すぐに、わかってもらえないなら、もういいよと思ってしまう。自分と違うことを受け入れられないのだ。だから、アキユキがほかの男子と仲良くなり始めたときには、もうどうでもいいとそっぽを向いた。自分と違うものに対して、そっくり消してしまうことでしか折り合いをつけられなかった。昔、このへんに「鳴滝組」という映画のグループがあったと聞くので、俺たちは「常盤組」をつくろうと盛り上がっていたことが、儚く消えてしまった。

店内の空気が悪くなったことを感じた店主が声をかけた。

「みんな、コーヒー飲まへんか」

南天を好きな男子とは違うもう一人の、さも他人事って態度をとっている男子が

「じゃあ」と言った。なんとも空気を読まないやつだ。

「好ぎにすればいいど思う」

南天は言った。

なんだかすっかり白けた子午線は冷たく言った。

「そやから、俺も好きにしてええやんか。誰にも人の事とやかく言う権利ない」

南天はうっと言葉に詰まって、しばらくうつむいてから顔をあげた。その顔は笑っていた。

「有村子午線、へばね」

「おお」

ああ、ほっとした。帰れ、帰れ。もう二度と京都に来るな。ふんっと、顔を背けたが、鼻の奥がぐすりと鳴った。きっと外の寒さと店の温度差のせいだ。ちょうどそこへレトロ列車と呼ばれるチョコレート色で金の縁取りのある嵐電がホームに滑り込んで来た。子午線はカメラを持って店を飛び出し、列車を撮った。三条通りのほうへ進行していく列車の後部を追ったレンズは、左にパンして修学旅行生の五人を撮った。そのなかの南天にだけそっとズーム。南天はふっきれたかのように屈託なく笑っていた。

その頬の赤さが目に染みた。

## 御室仁和寺駅

夜、自転車で、御室仁和寺駅に来た。夜のこの駅の嵐電をまだ撮っていなかったからだ。

仁和寺の楼門につながる無人改札の前で自転車を停めると、改札の左側で身を寄せ合っている恋人同士らしき姿が見えた。子午線も気まずいが、向こうも気まずいようでぱっと離れた。子午線が先にホームに入ってカメラを構えていると、二十代くらいの男女は手をつないでホームに入って来て、なにか語り合っている。雰囲気的に初々しい。きっとつきあいはじめたばかりなのだろう。子午線にもそれくらいの洞察力はあった。

カンカンカン……と踏切が鳴りはじめ、ヘッドライトを光らせて、京紫色の電車がやって来て、ガタゴトシュウウと停まった。

と同時に、カチカチカチ……改札口の外から改札鋏が鳴る音がする。見れば顔は狸で体が人間の駅員がホームに入って来た。

電車のドアが開くと、中には、顔が狐で体は人間の車掌が立っている。

コンチキチンと祇園祭りを思わせるような鉦《かね》の音が鳴り響き、狐の車掌は「この電車に乗れば、どこまでだって行けますよ」と微笑んだ。

狐と狸の電車——南天が言っていたやつだ。子午線がごくりとつばを飲んだ。

狸の駅員が狐の車掌の隣に乗り込んだ、

「かなわんわあ、さっき兎におうてもうた」

「ああ、火いつけてきた子」

「古傷が疼いてきたわ」

「ほんま、あんたが悪かったけど、勝手に人の旦那傷つけられたんは辛抱ならんわ」

「おお、なんか照れるわ」

「あんたをどついてええのは私だけやのに」

「やかましいわ」

狐と狸の掛け合いに男女は魅入られたようで、吸い込まれるように電車に乗り込んでしまった。乗っちゃダメだ……と止めようかと子午線は迷ったが、どうしてか金縛りにあったようになって声が出なかった。

そのままドアが閉まり、嵐電は行ってしまった。

あの狸、仁和寺から参道を通ってやって来たのだろうか、と子午線はぶるりと身震いした。

## 四度、太秦広隆寺駅

数日後、子午線はまた太秦広隆寺駅の下りホームにやって来た。〈銀河〉の前の柱に、衛星がもたれていた。

「おじさんは毎日、何をしてんの」

「どうしようもない事を待ってるのかなあ」

父子ほど年齢の離れた衛星の気持ちが、いまの子午線にはなぜかわかるような気がした
「奥さんですか」

衛星は驚いた顔をして子午線をまじまじと見て、聞いた。

「どうした」

「呪いにかかったみたいやねん。このカメラ、好きなもんを撮るために買ったつもりやのに、気いついたら、これで撮ったもん好きになってまうみたい」

それから続けた。

「あのな、見てしもうたんや」

「何を」

「狐と狸、だからもう会えへん」

誰も来ない駅のホームは、とても寒い。

子午線は黙ったままホームに立ち尽くし、十分置きにやってくる嵐電の昇降客に目を凝らした。でも、あの真っ赤な頬は乗っていない。

子午線は、現像したフィルムを、〈銀河〉の店主に渡してくれと、衛星に託した。今晩は、銀河で、嵐電の映像の上映会がある。店主に現像代をもつから、映像を提供してと言われたのだ。そのまま上映会を見る選択もあったが、あまり見る気がしなくて駅を後にした。

なぜか、衛星とはこれで最後のような気がした。

# 常盤駅

紅葉シーズンが終わると、街は静かに年の終わりを迎える準備をはじめる。子午線は期末試験も近いので、まじめに学校に通っていた。学校からも嵐電は見えるので、新しい場所からの撮影を試してみるのもいいかもしれない、そんなことを思って放課後、校舎のベランダから線路を見つめた。

風に乗ってガタンゴトンとかすかに聞こえる音に耳を澄ませていると、アキユキがやって来た。

「久しぶりやん。まだ嵐電撮ってるの」

「まだやない、いまもや」

「おれな、彼女できたんや」

「ふーん」

「じゃあ。おれ急いでるし、またな」

新しい友達もできて、彼女も。大学は東京に行くらしい。アキユキはどんどん世界を広げている。子午線はすこし胸がチクリとなったが、いや、痛くない痛くないと強く念じながら、教室に戻った。

　パシャリ。

　空気を切り取るような明瞭なシャッター音がしたので教室の後方を見ると、林檎《りんご》のような赤い頬がまっさきに目に飛び込んで来た。

「何してんの。修学旅行とっくに終わってるやろ」

「転校してきてん」

　ロングスカートにジャケット、今日の南天は前とは印象の違う私服で、えへへ、と笑っている。

「エセ関西弁やめろてゆーてるやん」

　思いがけない再会に嬉しさを感じながら、それを気づかれたくなくて、わざと冷たい言い方をした。ただ、よくよく考えて「うそやろ」と続けた。

「うそ、家出」

「めちゃ悪いやん」

「だって、会いたがったんだもん」

　私服姿の南天は、あの日よりもすこし大人っぽく見えた。

「おかしい。へんやなおれ、アレ見たで」

子午線は、これは幻かと目を疑った。狐と狸の電車を見たから、もう会えないはずではないか。

「乗った？」

「乗ってへん」

「やっぱりただの都市伝説だよ」

子午線ははっと我に返った。いけない、このままでは南天を好きであることを認めてしまうことになる。それでは負ける感じがした。

「ちがう。俺、あんたのこと好きちゃうからや」

「どういう話よ」

子午線は南天を避けるように教室を出た。当然ながら南天は追いかけてくる。無視してずんずん校門に向かう。

「相思相愛の二人がいるとしてー、ふっと消える。大事な時間がなぜか、どっかに消えんねん」

この間、御室仁和寺駅で見た光景が浮かんだ。あれは美しくもなにかとてもおそろしい光景だった。

校庭で落ち葉をはいている女子生徒たちが口々に「有村子午線」と驚いた視線を向けた。

ふだん、ひとりでほとんど誰ともコミュンケーションをとらない変わり者と思われている子午線が女の子を連れていることが、にわかに信じられないのだ。私服を着た女の子は誰だ？　と注視すると、見かけない顔でよけいに首をかしげる。

あとあと、からかわれたら敵《かな》わない。子午線は、女子生徒らの奇異な視線を避けるように、足早に校門を出た。それから嵐電の線路沿いの道に向かい、鳴滝駅のほうに向かった。この北野線は単線ながら、常盤駅と鳴滝駅の間だけ複線になっている。だが、子午線と南天は並列しないで、一直線に追いつ、追われつ、進んでいった。その途中、ふたりの脇を「夕子さん電車」が走り抜けて行った。

窪地に追い詰められた子午線は振り返った。

「鉄オタは、女の子好きになったらあかんねん」

南天を振り切るというよりは、自分に言い聞かせるように。

「知らない」

南天は気にする素振りはない。ぐいぐい近づいてくる。なぜ、こんなに積極的に来るのだ。子午線はこういうことに慣れてないので対処の仕方がわからず、それは恐怖にすら感じた。なんだか遊ばれているように感じたので、

「あんたもてるやろ」と責めるように言った。

子午線は桜並木になった線路の脇、古いアパートのガレージに駆け込んだ。そこは行き止まりで、南天は子午線ににじり寄った。

「あだしが好ぎなのは子午線だけだ。子午線が見でるってだけで、嵐電がキラキラして見えだんだよ。あだし勝手に嵐電にやぎもぢ妬いだ」

「変や」

「変やない、恋や　あだしは恋しいんだよ。でもそっちに受げ止めるつもりがない場合、これはたんだの一方的な病でしかなぐなる。わがっていますそのぐらい。したばって、うぬぼれでいないし、一人で狂ってるわげでもないごとはわがってる」

「おれかってうぬぼれてへんわ」

「あんつかは、うぬぼれろよ。あだしが好ぎだっていってらんだがら」

「うぬぼれてるやん」

「子午線。あだしも子午線も、ありそうに見えで時間が全然ないんだよ」

ここまで激しく感情をぶつけられたことが子午線にはなかった。アキユキのことが思い浮かんだ。アキユキともこんなふうに言いあえればよかった。一緒に映画を完成させたかった。

「どうなってもしらへんで」

もう後悔したくない。子午線は、今までとは違う自分になることを決意した。

## 太秦広隆寺駅

南天の手を握り、どこか知らない場所に走っていこうと思ったが結局、嵐電沿線を、北野線と本線の周辺をグルグルと回っただけだった。このあたりの道を熟知している子午線が、どこをどう通ってここまで来たのか、血が頭に上ってわからなかった。

ここから出ることができないもどかしさと、はじめて味合う「恋」と呼ぶ気持ちに子午線は苦しんだ。

「どうしよう。南天が好きになっちゃった」

「あだしも好ぎだ」

「でも、きっといつか終わるで」

「忘れでしまうのがな」

子午線は深く呼吸をすると、もう一度、南天の手を強く引いて四条大宮行きの嵐電に乗った。

四条大宮は、鯖街道の西の入り口と言われる街で、阪急電車の駅もある。バス停もあって、京都のあちこちに線が伸びている。

どこへ向かおうか、しばし考えたすえ、子午線は南天の手を握り、四条通りを走り出した。

どこまでだって行ける。そんな気がした。


それにしても、南天はずいぶんと思いきったことをしたと思われるだろう。だが南天は、修学旅行のあと迅速に進路を変更し、京都の大学に行くことに決めていた。あの日のついでに大学と近隣の下見もしていた。

翌春四月。南天はほんとうに京都に引っ越して来た。これほどの思いの強さと行動力に、子午線は感動を覚えた。

ただ、南天は大学のある東側に住むと言う。

京都の西と東に分かれた南天と子午線の物語は、これからはじまる。